Nuovi Coralli

Impostazione grafica di copertina: Federico Luci

ISBN 88-06-11497-2

Rosetta Loy

La bicicletta

Einaudi

La bicicletta

Il glicine

Sedevano intorno al tavolo. La madre a capotavola, il padre al suo fianco e via via i quattro figli in ordine decrescente per età. Dalle alte finestre il sole dilagava oltre le tende nel fulgore scomposto di bottiglie e bicchieri, parole mescolate al rumore delle posate sui piatti. Ritmo di marcia soffocato nei passi del cameriere sul tappeto rosso con un piatto alto nella mano.

Il padre parlava mangiando i fagiolini, la madre distratta guardava nei piatti dei figli e il tempo del loro boccone, il sorso d'acqua. I figli ridevano e si insultavano feroci. Per una patata un voto a scuola una parolaccia.

Le due ragazze avevano ancora la divisa della scuola, blu con il colletto bianco, e mentre sollevavano le forchette macchie azzurrine d'inchiostro ombreggiavano le loro dita. I ragazzi mangiavano con la testa bassa sul piatto, le camicie sgualcite e la cravatta macchiata d'olio. I figli parlavano tutti assieme, occhi grandi nel fondo trasparente di luce, labbra sporche di sugo, capelli spettinati e gonfi. La madre interrompeva con la posata sollevata ma inutilmente vibravano le sue corde vocali soffocate nell'assenza di ascolto, un film muto proiettato nella specchiera in cornice dorata. La voce del padre era il verso di un uccello delle vette, un'aquila o un falco, che trapassa il rombo delle valanghe.

Sul terrazzo riparato dal vento le ragazze si appoggiavano tra i vasi spogli e il sole le congiungeva al muro in un calore avaro: con la divisa macchiata, le mani screpolate, le vene sotto la pelle. Nel convento di fronte i tedeschi seppellivano un compagno in una fossa scavata nel prato sotto il pino. Una croce e una campana nella tramontana intensa del cielo. La madre chiudeva i vetri frantumando il silenzio di quella sepoltura, il padre stendeva un giornale a fondo del letto, svolgeva un plaid di finto leopardo e raccoglieva i lembi della giacca tra le luci livide degli specchi in cornice di noce; specchi molati a Firenze per la sposa in crêpe de chine sul landau.

La campanella suona e i compagni calano la cassa, nella vasca di mattoni i girini sfrecciano nella gora del secchio sceso a prendere acqua. Per cavoli insalata e rape. I maschi irrompono sulle scale con le giacche sbottonate e una scarpa slacciata, l'ultimo spicchio di mela fra i denti. A pallone a tennis a botte. Nell'aria rafferma della cucina i piatti filettati d'oro scivolano nell'acqua come frana di sassi. La terra ricopre il soldato mentre i vetri risplendono e tremano contro la mano che preme ad aprirli. Come una lama l'ombra nera allo spigolo della casa. I compagni tedeschi se ne vanno a dipingere enormi donne nude sulle pareti del convento, con la matita carbone. Mandarini ancora aspri sull'albero dalle foglie lanceolate, gatti tigrati fermi al sole con le ossa magre; la divisa ha macchie di sudore sotto le ascelle e un rammendo dove il filo spinato ha stracciato la stoffa, al gioco di pallacanestro. La madre raccoglie le chiavi premendo le ginocchia a chiudere le ante del buffet e non restano che le briciole raccolte dal cameriere in una conca d'argento. Le chiavi sono leggenda, la madre le sogna le nasconde le cerca, le palpa nella borsetta. Le perde. Si affanna scava nelle poltrone, solleva cuscini, apre scatole e rovescia cassetti, corrompe i santi del cielo. Le chiavi sono soldi e sono sapone, carta igienica zucchero rocchetti di filo quaderni.

Le ragazze vanno a studiare con pantofole turchine silenziose lungo i corridoi. Afferrano le cartelle e la noia le imprigiona di righe nere; si interrompono con la penna in bocca e strofinano i piedi sulla parete sotto la scrivania mentre l'ombra scivola sul balcone in un odore di freddo. La signora rumena che insegna il francese si affaccia alla porta con il suo paltò lavorato ai ferri e il turbante in testa; usanza contratta quando il marito in commercio la portava a vedere in carrozza i tramonti sul Bosforo. Una delle sette meraviglie del mondo, color oro e vermiglio. Insegnamento per conversazione: si strappa la lana dalle pantofole si tolgono le pelli dalle dita e sempre gli stessi strafalcioni. Ma squarci improvvisi disperdono la nebbia delle ore, amava un cugino la signora e insieme suonavano con lunghi disperati sguardi; lei aveva vent'anni e scuri occhi orientali. I cavalli galoppavano su tappeti di foglie, la banda suonava nel berceau di legno intagliato e il giovane si toglieva la bombetta per inchinarsi alla giovane sposa incantata dai tramonti dell'est. Uccelli pensé e farfalle screziate per questa donna che ora si nutre di insalata e la sera inzuppa la sua fetta di pane nella razione annacquata del latte. A dispetto del turbante che scivola sul volto smagrito, lei respira al mattino facendo ginnastica davanti alla finestra spalancata e si lava con acqua gelata; per poi insegnare a ricche ragazze a comprare souvenirs a Parigi.

La sera copre il palazzo accanto, si stende sul prato, sulle rape e i cavoli, la tomba fresca del tedesco. La signora Olteanu se ne va reggendo un pacchetto con mezza ciriola e la madre siede alla toilette dorata volgendo fra gli specchi la testa incoronata di piume; mille spilli trafiggono il revère del collo e luccica sulla punta del dito il ditale ornato di pietre dure.

Nel bagno i lacci penduli delle scarpe incrostate di fango assorbono l'acqua schizzata sul pavimento, i ragazzi mordono un tagliacarte d'ottone in ricordo di Janez e il vetro della scrivania riflette occhi chiari e colpi di tosse. Fatica fatica fatica. Le pantofole turchine non trovano requie, odore di forfora e gesso; l'inchiostro è come leccare una sbarra di metallo della Circolare Rossa. La cameriera stira lenzuola a suo tempo sapientemente rammendate e il ferro calca sui ghirigori ricamati da ragazze di paese, illeggibili e fantastici come i rami ghiacciati nella nebbia, su al nord lungo il Po, da dove questa famiglia è venuta portando occhi chiari e bambini linfatici, volti stretti e sottili. Nel vapore di bucato si sbianca la giovinezza in pianelle friulane, anche se la cameriera friulana non è, e le coste rotonde delle lenzuola stirate si allineano verso l'alto: la domenica pomeriggio lei sbucherà fuori dalle alte mura dei palazzi – là dove la Circolare sferraglia tra cartacce e foglie secche – e andrà al cinema a vedere i baci.

Lampadine si accendono una appresso all'altra, aprono stanze subito cancellate da fragorose persiane. Chiun-que-verrà-meno-alle-re-go-le-delloscura-mento-inco-rrerà-nelle-sudde-tte-pe-ne. Le ragazze poggiano la fronte alla vetrata gelida e sul cristallo appannato dal fiato disegnano nel buio le cinque dita di una mano; tra le scapole sporgenti la giornata duole, su, alla nuca. Libri ordinati nella carta bluette e targhette scritte ad inchiostro di china, una penna stilografica di galalite nera. E parole mai dette bucano ancora di dolore, perché la signora Olteanu quel suo cugino ha perduto in una folla di boa di struzzo: Madame sedeva solitaria a un pianoforte nel velluto di occhi melanconici.

Nel bagno i ragazzi tirano fuori dai calzoni una cicca e fumano a lunghe boccate socchiudendo gli occhi dalle pallide ciglia, l'azzurra spirale voluttuosamente si disfa e il viso affonda nell'asciugamano intriso di fumo. Passa una macchina facendo sobbalzare un tombino di fogna e i tacchi di una donna battono nel silenzio della strada. Ma già la cuoca conta i crostini di pane nelle scodelle, sette per sei quarantadue, ne restano quattro, me li mangio io; e il crostino sibila sotto il metallo dei denti.

Gira la chiave nella toppa, scatta la serratura, il padre è nell'ingresso vasto e buio con il mazzo delle chiavi che pende da una catena di acciaio; non è tempo di catene d'oro questo, l'oro alla patria coi catini smaltati e il ferro di quando si stirava con il fornelletto a carbone. Quello scatto tutti sentono, i ragazzi a disegnare profili del Duce sui frontespizi dei vocabolari, la cuoca a masticare furtiva, la madre e le sue piume. Il padre è alto e quando cammina le sue suole scricchiolano, il biglietto del tram lo infila nella fede. Il cameriere lancia la tovaglia con macchie di frutta che non se ne vanno piú, la cuoca gira, rimesta, conta, taglia. «Le chiavi, dove sono le chiavi», «lavare le mani», «stupida fessa», «cretino». E adesso non sapremo mai quanti barili di vino potevano dare i trentacinque ettari di vigna sulla collina, mai piú mai piú. Le stelline si gonfiano nel brodo bollente e il vapore sale su verso il lampadario simile a un gigantesco ragno di ottone; la madre in silenzio conta i crostini nei piatti, ne mancano quattro, chi? Cameriere innocente come il fornaretto di Venezia anche la sera segni il passo com'è doveroso fare al servo soldato (due anni l'attendente in marina e non ruba i crostini dai piatti); il suo collo fasciato di bianco qualcosa di simile al collare del prete perché come un prete sia onesto e casto. Carlo Magno figlio di Pipino il breve incoronato imperatore la notte di Natale il tedesco venuto a morire in Italia le calze bucate al calcagno. La mela cotta soffia fumo dalla buccia spaccata. Ogni volta un'ustione. Le pupille hanno invaso quasi tutto lo spazio, iridi sottili come anelli: ricordano i gatti gli occhi di questi ragazzi e i fori neri ingoiano il padre e la madre, li scompongono senza pietà. Quando non possono rispondere si mordono le unghie ma da quei cerchi sottili, implacabile e rabbioso, il loro duro cuore.

Le ragazze vanno a scuola con i calzettoni molli giú per i polpacci e nelle mattine nebbiose gli alberi stillano brina dall'intrico pallido dei rami. Le Camicie Nere affacciate alla torre bugnata fischiano e commentano, ma loro rattrappite nei cappotti anteguerra spingono il cancello di ferro segnato dall'umido e senza alzare la testa tentano di indovinare i tratti di quei volti odiosi, il loro repertorio Belzebú e Gamba di Legno. Stagna nelle aule fredde l'odore di cavolo e di minestra e gli armadi a «scorrere» che non scorrono piú sbattono con fracasso. Grembiuli neri stretti al petto mani e piedi gelati polvere che sa di gatto banchi addossati alle pareti scrostate, e su tutto lo sguardo inquisitore delle suore vestite di viola per la Passione di Cristo. Fame nelle narici rosse di raffreddore delle converse, fame nelle ossa del gatto, fame tra le mani delle interne a rovistare in fondo ai cestini; e le fronti sono giallastre, i capelli si drizzano opachi.

Ma appena fuori dal cancello la giornata come uno

di quei fiori cinesi immersi nell'acqua si gonfia di colori e di voci e le ragazze sbattono in terra le cartelle, gridano, corrono, hanno gambe lunghe e maldestre e ginocchia grige di cappella. Lacerano la crisalide; e la guerra, la fame, il freddo sono pazza voglia di vivere. Si va dove si vuole e si prende quello che capita. Si può salire su un tetto scavalcare i cancelli e rubare nell'orto delle suore: tutto è permesso, si salvi chi può.

La signora Olteanu le porta a passeggio lungo il muro di Villa Savoia e loro leggono il bando di Kesselring che ogni giorno minaccia di mandare a morte chiunque sia restío a difendere la Repubblica Sociale. Come saranno mai questi tedeschi con le budella a cartuccera che portano con loro il buio dei sotterranei, i fasci delle torce, il ruggito dei cani e tutto un *nécessaire* di strumenti di tortura. Passano ritti nei camion e i tramonti precoci splendono rossastri sui loro elmetti, loro sferzati dalla pioggia e dal vento ferrigni restano nel sinistro lucore di tutto quell'acciaio. Umidi nello scirocco, senza volto e senza storia, sfrecciano come un corpo estraneo nelle vene fiacche della città. Ma la notte si scatenano come gli elfi sulle montagne, come le streghe. La notte le ragazze nascondono la testa sotto il lenzuolo, spente le luci un silenzio terrificante squassa la casa. Una notte un tedesco ha suonato alla porta; di lui poi si raccontava che gli mancavano due denti davanti e picchiava col pugno contro la porta chiusa. Si raccontava ancora che era sparito nella tromba nera delle scale e nessuno l'aveva piú visto.

La scuola, i compiti, il coprifuoco. Silenziosi crepuscoli colano fra le case, fredde mattine di labbra spaccate. Insegnanti gonfie di riccioli vengono a dare ripetizioni come cani randagi là dove qualcuno mangia, e hanno occhi grandi avidi e dignitosi. La mano disegna distratta e lo sguardo vaga lungo il naso, la bocca, la peluria del labbro, quei riccioli troppo riccioli da bambola polverosa; ore eterne gocciolate nello spicchio dorato del pomeriggio.

La signora Olteanu volge le spalle alla finestra e la luce ventosa di Marzo irradia l'onda dei capelli: lucidi, pesanti, fulgidi come argento antico. 320 in una cava di tufo. Ha un volto diverso la morte di casa, tanfo di topi. Che sono 320 nel «mare magnum» della guerra. Il sole, sempre il sole in questo inverno romano cosí ambiguo nelle sue tenerezze. Il colpo alla nuca in questo medesimo vento leggero, medesimo ronzio di motori, voci di venditori ambulanti, ombrellari. La signora Olteanu siede circonfusa da un alone leggero e la pelle sembra cadere giú inerte dagli zigomi alti, le narici dilatate e sottili sentono nell'aria la morte e le parole si perdono nella luce infetta; neanche la musica può oggi salvare questa povera signora raminga per l'Europa. «Eran trecento, eran giovani e forti e sono morti...», un campo di grano dove i capitani cadevano nell'oro dei capelli. Volano i passeri, beccano le fave nell'orto di guerra, il giornale tinge di nero i polpastrelli: di 320 è stata fatta giustizia. Ma io non ho udito quei colpi, nessun colpo. Trecentoventi spari alla luce delle torce e nessuno è bello nessuno è biondo o ha occhi azzurri ma è solo tutto nero, occhi capelli sangue. Vermi ciechi. La signora Olteanu tace aureolata di sole e come un piccolo cuore batte la vena del collo. Ha quasi sessantanni e vive sola a Roma nella speranza di ricevere notizie di un figlio prigioniero. Forse cosí sarebbero state Ermengarda o Brunilde, investite dalla luce intensa di un 24 Marzo, ma non uno qualsiasi, le mani forti e scure incrociate nel buio del grembo. Dignitosamente superba nella sua miseria, disperatamente sola nella sua dignità. Nel convento dove vive le suore alla sera le tolgono la luce, lei si lava e si lava, ha un buon odore di pulito e i suoi indumenti troppo a lungo risciacquati hanno perso ogni colore. Il sole cala alle sue spalle lasciando il grigio disegno della balaustra spezzato dal busto; nella penombra la signora Olteanu declinava *Je viens*.

La madre la sua guerra la ordisce in strisce di stoffa, in uova sepolte nella calce, vecchie pellicole al cinema vicino casa nel sudore dei tedeschi. Scarpe di serpente e colli di volpe argenté: la sua maturità levigata si incornicia di suppellettili. È serena, senza drammi, solo ore piccole occupate da piccole cose. Lei è la donna che ha ritrovato le antiche virtú familiari e travasa sacchetti di zucchero giallognolo che scivola nel barattolo, prezioso come sabbia nella clessidra; cosí la nonna nella casa sulla piazza con i portici e il Re a cavallo nel mezzo quando il mendicante si chiamava Rebuffi e aspettava sull'uscio con la scodella in mano. Si compra un vestito di foglie sfumate sul nero e due piume rosse per aggiustarsi un cappello. Passa suonando le chiavi, quasi una danza. Aprire, chiudere, controllare. Rimproverare la signora Olteanu perché troppo indulge al pianoforte invece di *bonjour*, *bonsoir*, *comment allez-vous*. Bacia le figlie scontrose e tira fuori dal cassetto del suo comò qualche coriaceo dolce di fichi secchi. Sospira per Mussolini, triste tramonto. Hitler invece si porta via nel suo sconvolgente crepuscolo le avversate istitutrici tedesche. Compassionevoli verso i fiori recisi, violente con l'ovatta per le orecchie; lei stava sempre attenta a che non divorassero il cibo dai piatti dei bambini, avide com'erano. E canta con voce leggera i suoi balli di gioventú, molla scapaccioni nel vuoto, infligge punizioni che poi ritratta. Dalla finestra segue con lo sguardo le figlie pattinare sul marciapiede, i paltò sbottonati ondeggianti sulle anche magre. E vorrebbe metter loro un cuscino dietro la testa perché non abbiano a romperla.

Il cannone avanza faticosamente nel fango della pianura pontina mentre la città aspetta nella sua apatica primavera che i tedeschi si corrodano nei campi. Lunghe file dai fornai, due uova fresche nella cartella d'ufficio, e tutte le mattine un cavallone dai garretti pelosi passa alla medesima ora. Verdura? Farina? Cadaveri? Dalla terrazza i maschi guardano gli aerei sganciare le bombe: sette, cinque, quindici, otto, quale misteriosa fantasia li governa. E sentendosi eterni come l'eterna città, destinati a sopravvivere agli anni e agli eventi, appoggiano la schiena al muro che chiude il gabbiotto dell'ascensore e con le mani in tasca guardano tutti contenti i liberatori dare una svegliata ai tedeschi avvertendo buoni e cattivi che loro sono alle porte.

La primavera ha investito i giardini gli orti e la tomba del tedesco. Tra i solchi delle fave saltano le ragazze mostrando cosce e sottovesti, le suore mormorano preghiere nel tentativo di frenare le loro figlie di Maria non piú tanto figlie e non piú tanto Mariane. Chiuse nella torre le Camicie Nere spiano dalle fenditure fanciulle e primavera. Scuotono, questi proletari del fascismo, le fondamenta del nobile collegio di suore nobili. Anche qui! Quale? Quella! Giovanette fedeli a Dio alla Patria e soprattutto al Re in esilio, qualcuna ha tradito. Quella! Ma forse ha solo sorriso a un richiamo, forse una volta è uscita a braccetto di un milite diciottenne capitato chissà da dove. Quella! La tortura il ferro rovente le unghie strappate, una M di fuoco... Basta! Tondi visi incorniciati di pedicelli, ascelle umide di sudore. Violente e fragili. Strillano le suore agitando mani diafane stordite dal polline e dalle grida, il vento tira via il velo mostrando i capelli tagliati a forbiciate. Opulenza di mimosa e strabordare di glicine; scricchiola la ghiaia sotto le suole consunte di Chiesa e si infanga l'orlo delle sette sottane, squassato il rosario di olive del Getzemani. Agitate sospingono fuori lo sciame turbolento, via con nastri e pagelle, brillio di rugiada, germogli, coleotteri; tanta povera carne fasciata bendata mortificata, una croce bianca a comprimere il petto. Fuori, fuori!

E fuori per la strada se ne vanno le ragazze con i vestiti dell'anno prima tanto stretti che non si riesce a respirare e i bottoni saltano via, uno per uno. Ma i viali pieni di buche, il prato sotto casa, le siepi e i sassi nel canto dei merli, tutto appartiene a loro; nessuno le contrasta piú. Hanno mangiato i boccioli di un'intera spalliera di rose: erano dolci. Raccolgono i pinoli e li schiacciano con una pietra; hanno dimenticato il tedesco morto, i 320, e tante altre cose colate giú nel fondo di una memoria tenera come il cranio dei neonati.

Nel vecchio convento le finestre sono spalancate e si vedono i tedeschi in maniche di camicia aprire e chiudere i cassetti; nell'orto i pomodori sono già alti e tutti ci fanno assegnamento, meno loro, i tedeschi, per via del rombo del cannone soffocato nella notte stellata. Casolare per casolare gli americani avanzano lenti ma inesorabili, nello zaino avvolta in carta argentata portano la pietra filosofale.

I tedeschi se ne sono andati. In un lugubre ronzio di motori hanno caricato i loro segretissimi documenti gli arnesi del potere e il gatto a nove code. Prima di filar via, con un gran boato, hanno fatto saltare per aria il vecchio convento; sempre per una di quelle perverse ragioni. «Buonaserammore» dicevano alla madre se passava loro di fronte, rubicondi e nostalgici; forse sotto la divisa squame di mostro. E sulle mura squarciate sono apparse le donne nude disegnate con la matita carbone, natiche e seni lasciati a far compagnia al soldato morto nell'inverno.

Nel pomeriggio un drappello di soldati laceri e feriti ha fatto due volte il giro del palazzo, uno di loro reggeva in mano una carta topografica; e nel silenzio immobile della città sembravano girare in tondo come orsi in cerca di uscita. Poi nel sinistro fracasso dei loro scarponi su e giú per mezza Europa hanno imboccato Via Salaria. Per sempre.

Cavalcando immensi carri armati coperti di frasche e di fiori i nuovi angeli sono calati dal cielo a porgere sigarette gomme e cioccolato, le lunghe teste ciondolanti sotto un sole implacabile. Sono arrivati come eroi modesti e alla mano, come funamboli sugli elefanti per un pubblico di bambini; e tra il rombo dei loro potenti motori Roma non piú divina e non piú imperiale ha vomitato i suoi figli. Ad majorem Dei gloriam.

Arrampicate sulle fiancate dei camion le ragazze hanno allungato mani a sfiorare ruvide dita di soldati, sono salite sui predellini per afferrare tubetti di caramelle in un'apoteosi di cingoli. I platani a schermare tanta luce accecante, i platani complici a coprire tanta spudorata libertà spudorata allegria spudorata felicità. Timidezza e tante altre belle storie venerande di nonne in gorgère e petit-gris mostrano la trama tarlata, il giallo dei dagherrotipi. Le ragazze toccano mani, elmetti, giubbe, travolte nel sudore e nella stanchezza di questi soldati che le abbracciano come sorelle con le labbra spaccate di polvere. Liberate dal peccato originale sono entrate nella terra promessa. Ubriache di umanità, stordite di sole, la bocca piena di caramelle, urlano il loro nome confuse con tutti gli altri. I piedi sporchi, il vestito strappato. La felicità puzza, ha suoni e colori, occhi memorabili, dolci, stanchi, allegri.

I ragazzi sbattono le palpebre nel sole come uccelli notturni. Con dita tremanti hanno acceso la prima *Navy Cut* e sono saliti sui carri armati a stringere fredde palme di negri. Hanno messo in testa gli elmetti. Hanno guardato i cannoni sparare dai prati di Villa Borghese contro i tedeschi in ritirata: i soldati tenevano in braccio i bambini e una ragazza con un fiore tra i capelli girava versando loro da bere.

Con la gola asciutta si ritrovano, si chiamano, si guardano: magri, coi capelli lunghi. Erba di sepolcro. Falsamente indifferenti scendono giú per le bianche gradinate di Valle Giulia ma il cuore batte nel petto in tanta luce violenta. Sfiorano gli alberi e i cespugli, li toccano e li sentono con un filo sottile di congiunzione che dà l'affanno. Li sospende improvvisi nel movimento. Si dissolvono le amorfe giornate della clausura e loro corrono con i sandali che inciampano nei gradini, le gambe magre sciacquano nei calzoni mentre saltano le colonnine, saltano le sfingi di pietra, saltano siepi, tirano calci ai sassi, a una pigna. Bevono dallo stesso bicchiere che passa da una mano all'altra. Si arrampicano su un muro, saliva agli angoli della bocca. Che giornata terribile nella sua mistificazione.

Quel giorno i ragazzi portarono a casa un americano, perché cosí facevano tutti; quei soldati erano stanchi, erano soli, mostravano fotografie di ragazze lontane. Questo era del Texas e aveva tirato fuori una lettera spiegazzata di cui non si capiva piú nulla. Rideva il soldato e ridevano i ragazzi. La strada salendo faceva una curva. Grida di uccelli rapaci oltre il muro, un falò acceso per bruciare una divisa tedesca. «A casa mia ho un disco in inglese, *Lambeth walk* si chiama». *Lambeth walk*. E il soldato si era messo a ballare in mezzo alla strada tra le rotaie che scendevano liquide nella sera.

Le acacie

L'estate è calata su americani inglesi sudafricani inzuppando di sudore le camice kaki; campi di erba secca dove l'ombra dei radi alberi si consuma nel monotono tam tam delle cicale. Che terra miserabile e miseranda. L'asfalto bolle sotto i piedi nelle lunghe file alle fontanelle e il ponentino della sera solleva le gonne alle prostitute della libertà.

Le ragazze che ancora non conoscono il senso di molte parole (una volta hanno raccolto un preservativo e lo gonfiavano quasi fosse stato un palloncino) guardano curiose le fanciulle che si issano sulle camionette in una grande mostra di mutande. Un interesse che assomiglia all'invidia. Perché anche a loro piacerebbe scorazzare cosí nella sera assieme a questi lunghi soldati teneri con le donne. Il caporale del Texas non è piú tornato, forse a piú compiacenti ragazze mostra lettere e fotografie e la sera seduto su una panchina abbraccia una di queste figliole aperte a tutti i venti. Avevano mangiato insieme quel giorno e il soldato aveva poggiato sul tavolo due scatolette di carne come contributo al pasto o gratitudine per l'accoglienza: un americano un po' buffo con i capelli rossi e le lentiggini che aveva fatto circolare per la tavola la fotografia seminuda di una pin-up niente affatto intimidito dal ritratto del nonno in toga e semitrono di giudice. Chissà i ragazzi dove sono andati a pescarlo!

Questa è una famiglia in cui le donne per generazioni hanno ricamato centrini e borse per il tabacco, si sono inginocchiate nel medesimo banco riservato con offerta annuale alla Parrocchia e nella morte hanno avuto congiunte le mani in casse con borchie d'ottone poi calate nella cappella dalla volta celeste; ora un americano con gli stivaletti polverosi sorride alle ragazze ubriaco di nostalgia. «Che non vi venga piú in mente di portare in casa degli sconosciuti!»

Non piú battimani non piú ragazze ad abbracciare i soldati e piangere di gioia insieme a loro. Cos'è mai questa storia che siamo tutti uguali, ci sono i buoni e i cattivi, i ricchi e i poveri; e poi soprattutto ci sono uomini e donne. I militari pagano per avere un po' d'amore, i borsari neri vendono scatolette di carne e soldati ubriachi cantano nella sera. Le ragazze se ne vanno a passeggio in compagnia della signora Olteanu. A volte da un camion buttano loro un tubetto di *drops*, svelte lo raccolgono con il cuore in gola. Non sono merce per vincitori loro, per sedere alla loro tavola non si paga pedaggio, tantomeno con due scatolette di carne. Ma ci sono giorni in cui vorrebbero seguire il filo di una musica, entrare in un locale oscuro e fumoso ad ascoltare confidenze; e piangere. Invece si va in un negozio e un soldato guarda e saluta, allora si esce in fretta senza aver comprato nulla. La signora Olteanu le porta in giro per le vecchie strade di Roma dove i rondoni sono neri tra le volute barocche e i bambini corrono appresso agli americani in carrozzella riempiendo la sera di grida. La vita continua, la guerra continua, ancora di foglie d'insalata si nutre Madame Olteanu; loro vanno a vedere i film con i sottotitoli e il suono della voce straniera che parla nel buio delle seggiole è tutto il messaggio che possono accogliere. Ascoltano attente, si divertono e si commuovono, un senso oscuro di essere tagliate fuori. Il nastro sfugge, qualcosa di grande e terribile dietro lo schermo dove le immagini si dilatano piatte.

I soldati intrecciano amori nelle sere estive partono e muoiono sulle Ardenne o sulla linea Gotica. Le ragazze corrono in bicicletta e cadono, sorridono appena al militare che le aiuta a rialzarsi. Ma le mani non osano piú sfiorare quelle dita scure di polvere pirica e raccolta in fretta la bicicletta corrono via tra i fiori bianchi delle acacie, un ginocchio sbucciato.

Il cameriere è tornato a distendere tovaglie e lucidare posate nei lunghi assolati pomeriggi estivi, la cameriera è andata al suo paese dove le pere sono ancora verdi nell'orto di casa e la cuoca continua a rimestare minestre su e giú dall'acquaio al fornello a carbone. Sole, polpacci gonfi, ventole di penne di gallina.

Il padre compra sette giornali diversi. La madre ha trovato due grossi barattoli di miele. Il padre esce al mattino a passo svelto con le mani in tasca e ogni volta guarda soddisfatto i resti lapidati di un fascio littorio; in una Torino con i tram a cavalli lui andava nella sezione del Partito Popolare dove erano quattro gatti pieni di entusiasmo. Quanto cammino. Era un universitario con gli occhiali a *pince-nez* e il torace insufficiente, dal loggione del Carlo Felice gridava contro il professore massone. La madre ha trovato una fotografia di prima della guerra e sorride di come si pettinavano male allora, sembra quasi impossibile come una riusciva a farsi brutta! Anche lei è andata a una riunione femminile della Dc ma si è mortalmente annoiata, c'erano tutte le negozianti di quartiere e la cosa era anche un po' imbarazzante. Il padre ferma i militari polacchi per strada e alza la mano dicendo: Viva la Polonia! Il candore del padre sconcerta. La Polonia martire, Chopin, Paderewsky.

Il padre ha ripreso a lavorare e sotto il sole cocente di agosto percorre fortunose strade dove la camionetta sobbalza tra nuvole di polvere. Viene a volte con lui il secondogenito, un ragazzo dal viso gentile e pallido di chi è stato un bambino linfatico: chiude gli occhi in tutta quella luce e mentre il padre sta in cantiere lui se ne va per la campagna vagando tra i campi dove l'erba dura ha soffocato il grano e come animali preistorici i carri armati muoiono lentamente. Trova armi, bombe a mano, elmetti e soldati tedeschi morti. Sono nei fossi, nelle caverne, a ridosso di una collina, tra le mura diroccate di una casa. Fruga nelle tasche e trova una matita, marchi d'occupazione, fotografie, una forbice. Come squallida e orfana questa morte in brandelli tra lo strisciare rotondo di una serpe.

Con questi oggetti in tasca torna a casa e la sera investe la camionetta portando l'odore del mare, tra le gambe lui stringe fucili e maschere antigas, un elmetto forato nel mezzo da una pallottola. Fa il tedesco ferito, il tedesco in agguato, il tedesco che muore e sulla terrazza le sorelle gridano e toccano tra i fiori rossi dei gerani. Vende la sua racchetta da tennis e compra una sega, per fare delle croci. Perché dopotutto erano cristiani, quelle forbici le usavano per tagliare filo e unghie, con quelle matite sfatte di terra scrivevano a casa della guerra in Italia. Un compagno di liceo lo aiuta a buttare qualche zolla su quei resti calcinati e insieme fotografano le tombe, perché non si sa mai, qualcuno potrebbe venirli a cercare... «Come si scrive in tedesco "ignoto"?» Il padre lo chiama dal cantiere con il braccio levato perché è tardi e la strada lunga e scapicollata, con un tonfo Giovanni scende dal carro armato e l'amico fa finta di sparargli da dietro una collinetta. Aveva un nome terribile quel posto: Campo di Carne.

Ma l'estate è finita e l'acqua allaga i campi lasciando grandi pozze fangose, il padre ha rischiato di finire con la camionetta dentro un fiume ingrossato dalle piogge. L'acqua porta via, sciacqua e dilaga, e nel silenzio livido del crepuscolo è tutto un immenso pantano. Giovanni poi deve pensare a studiare, è ricominciata la scuola. In terrazza sono rimasti i legni e la sega già arrugginisce «che te ne fai adesso, quanto era meglio aver tenuto la racchetta!» «Papà, le croci ci sono sempre?» «Sí, mi pare di sí». Chissà se è vero; sulla sua scrivania una forbice arrugginita, sotto il vetro i marchi d'occupazione.

Esiste una clausola sulla patria potestà, l'unica per cui un minore non necessita dell'autorizzazione paterna: riguarda l'arruolamento volontario in caso di guerra. A sedici anni Giovanni decide di partire volontario nell'Armata di Liberazione Nazionale. Ha ragione la madre che questo figlio è un irrequieto, un insensato a volte; lei di quei tedeschi morti non voleva vederne neanche un temperino, lui ha passato l'estate a seppellirli. Adesso vuole partire per ammazzarne altri.

Oh, certo, i suoi genitori assopiti da vent'anni di acquiescenza e di antifascismo casalingo non possono capire, oh certo la Patria Giovanni la servirebbe meglio andando a scuola e ottenendo bei voti (sempre che ci riesca). Age quod agis. Ma Giovanni non ha mai potuto sopportare la formica industriosa, tutta la sua simpatia per la cicala stremata sulla neve. Cosí un mattino ha fatto fagotto e ha lasciato un bel biglietto con parole come Patria, Ideale, Giustizia. «Tu mi capisci?» Il fratello capisce anche se ce l'ha con gli angloamericani e tutti i capitalisti che hanno scatenato la guerra; l'Italia, lui, vuole rifarla con la politica. «Ti do la mia catenina, mettila al collo», se mai Michele sarà comunista, sarà un comunista cattolico.

Giovanni ha chinato la testa per ricevere l'investitura di soldato, folate di aghi di pino bruciati premono ai vetri chiusi e la catenina d'oro oscilla nel dondolio della medaglietta con la Madonna di Pompei, fredda gli batte contro le tempie. Non ha spada Giovanni né armatura solo un fagotto con pane e frittata ma il profilo biondo taglia luminoso la stanza.

Gli occhi nocciola della madre si sono oscurati di angoscia: quel ragazzo partito a combattere i tedeschi con una medaglietta e un panino imbottito, ancora un bambino con una barba che si deve fare sí e no ogni due giorni! Ha pianto intricata nei fili del telefono, i biglietti, i consigli del portiere. Spaventata come un pipistrello le sue ali sbattono da una stanza all'altra. Dove, dove suo figlio su queste strade minate, una divisa certo troppo larga e le scarpe sfondate. Ha un soffio al cuore Giovanni e quando fa le scale di corsa rimane senza fiato con quel pomo di adamo in mezzo alla gola che sembra perforargli il collo. Il padre invece non ha perso la calma: agli sguardi ansiosi dei figli, a quelle fronti pallide d'attesa, ha contrapposto, avversata, la sua potente esperienza «Se non è stasera, – ha detto, – domani al massimo è di nuovo qua».

La minestra fuma nelle scodelle e i ragazzi tirano via i fili dalla tovaglia con la forchetta, le candele si consumano rapidamente sgocciolando la cera giallognola e il cameriere inciampa nel tappeto increspato da una seggiola. Il padre spezza un grissino. I respiri sono brevi nella sera di pioggia e i cucchiai perdono gocce bollenti di brodo nell'attesa di vedersi crinare la sicurezza del padre, rivoli d'ansia e pianto sgorgheranno dalle ferite. Il padre picchia con le dita tra le briciole del pane, la pioggia sgocciola sul posto vuoto del fratello.

E Giovanni ha bussato con pugno sordo alla porta di casa. Ha percorso quindici chilometri a piedi per tornare, sporco, bagnato, senza orologio e senza stilografica.

Tutti conoscono la Parabola del Figliol Prodigo, anche Adone che tante volte l'ha ascoltata mentre serviva tavola e il padre la intonava con voce profonda a imitazione di un famoso predicatore che tanto l'aveva colpito, un Venerdí Santo, nella Chiesa del Gesú. Dopo la minestra ci sono i würstel e Giovanni ne ha ricevuta doppia porzione: le candele tremolano e guizzano sul viso del ragazzo affamato con molli radi peli intorno al mento. Le sorelle gli parlano deluse e curiose per sapere di quel calcio in culo che ha preso quando ha tentato di recuperare l'orologio. La madre ride sciolta dalle sue pene e passa cucchiai di purè dal piatto suo a quello del figlio. Ora tutto è tranquillo nel cerchio della tavola e le lunghe tende bianche si impastano nella parete tra il battito regolare della pioggia, lo squillo del campanello per chiamare Adone. Tra spietate domande fatte distrattamente con un boccone di salsiccia infilato nella forchetta. E anche Adone ascolta il ragazzo che lui deve servire in guanti bianchi e che hanno mandato a pulire latrine.

La pioggia riempie il vetro di buchi e la villa di fronte assorbe nel bianco delle pietre la luce sciroccosa della città, la stanchezza come un dolore divide le membra. L'onniveggenza del padre riempie il vuoto della notte, l'amara fatica di una strada gonfia d'acqua tra casolari oscuri. Fame e freddo con i piedi bagnati, pozzanghere vaste perse nella gola del buio. Come l'agnello sperduto dal gregge Giovanni inciampava nei sassi preda del primo falco.

Le settembrine

Il verme nella pera granulosa, i fichi tra le foglie raspose, con polvere. Formiche nel prato. L'altalena dondola e cigola tra i pali di ferro e l'ape si tuffa nel calice delle petunie. La madre si affaccia alla porta nel sole: ha calze di seta e il velo nelle mani inguantate, una spilla a *barrette* per fermare lo scollo del vestito. Le ragazze si alzano facendo cadere in terra frantumi di noci, la madre incalza con le campane: «Ragazze, è ora di Messa Grande». Rose fitte di petali esalano tiepide il loro odore vermiglio, mele rotolano nell'erba, divorate dai bachi. Sui mattoni sconnessi del viottolo i tacchi della madre producono un suono particolare, come bussare a una porta imbottita.

Nel cortile dell'oratorio i ragazzi si scatenano in una ebbrezza di sudore; qualche rara sottana nera svolazza nel polverone mentre la palla trafigge il cielo. In bocca il sapore asciutto della vittoria. «Ragazzi, preparatevi per Messa Grande».

Le campane irrompono nella piazza dove il padre commenta il prezzo del grano, l'ammasso, il valore delle pertiche di terra. Chi passa si toglie il cappello e il padre sorride, con altri è piú freddo per trascorsi mai noti, ragioni sotterranee perse nei labirinti del tempo con madri, sorelle, concubine e nipoti. Suona a distesa il sacrestano, vecchio sordo e iracondo scuote la corda e gli uccelli sciamano dagli alberi, gli uomini lentamente si avviano su per i ciottoli tondeggianti della Via Roma dove infissa nel muro è la lapide a ricordo dell'inondazione del 1839: alte esili braccia invocano aiuto fra tremolanti pentagramma a significare le onde, una barchetta in tanto periglioso cimento.

La madre sale i gradini macchiati dall'ombra degli ippocastani e in Chiesa le zie già inginocchiate nei banchi la guardano con occhi di volpe sotto i veli ricamati, ciocche ondulate il sabato sera e conservate nel letto in reti di seta. Sotto la luce dominante degli occhiali del Parroco le ragazze entrano nel banco di famiglia dove inciso su una targhetta di ottone è il nome di quel tale bisnonno che oltre essere andato a Parigi era molto devoto. In prima fila. E il baldacchino di velluto scarlatto, la pianeta tessuta d'argento, le dalie, i ceri e il prete non è chiaro se siano in omaggio a Cristo o a loro. Dietro l'altare – posto d'onore riservato solo agli uomini – è il padre che legge uno spesso libro di devozione in piedi tra gli scranni a semicerchio. Improvviso il canto divampa tra le candele, trema, stridulo, tra i veli bianchi delle ragazze dell'oratorio; poi si spezza in celesti dolcezze, cuori trafitti, lacrime pie.

Il sole esplode sul sagrato e le bambine dell'asilo escono dondolando borsette di panno, le suore le sgridano con pizzicotti. L'organo esala la fine della Messa e le ultime vecchie rifluiscono dal portale stringendo i rosari nelle mani contratte di artrite. La madre solleva il velo e i capelli si gonfiano fulgidi, scuri. Le zie schiudono le labbra in sorrisi di avorio ingiallito con i tasti del loro pianoforte; sguardo freddo e paglierino di occhi che furono marroni.

Vengono Vera e Rosetta con tailleurs cilestrini a chiedere fiori per il cimitero e scricchiolano le scarpe domenicali sulla ghiaia del viale. Ridono fra lo spampanarsi delle dalie, calabroni ronzano minacciosi, un po' di paura sí, e gli occhi sorridono tra dure foglie di oleandro mentre la forbice taglia la mattina della domenica. L'erba macchia di verde le scarpe e nell'orto i pomodori si aprono al morso delle vespe, «venite, venite, venite qua, prendiamo anche questi», quasi una foga vandalica sui gambi che si spezzano mentre i fiori traboccano dalle braccia umidi di linfa. «Questi li posso prendere?» «Sí, sí, prendi pure», e al di sopra delle dalie lo sguardo splende calmo, occhi di terra e uva. Si baciano e si abbracciano sul cancello nell'attesa di rivedersi nel pomeriggio. Dopo Vespro. Perché Vera e Rosetta devono andare a Vespro. Loro no, sono affrancate da generazioni. Queste le vie tortuose del Paradiso. E se ne vanno Vera e Rosetta giú per la strada dove arriva l'odore del sugo caldo raccolto nel fondo della zuppiera.

Un noce di foglie ovali e aspre si allarga sulla ghiaia, un noce dal tronco obliquo sul quale i bambini si arrampicavano carponi come Tarzan; un'ombra vasta come una casa dove ora i bambini divenuti ragazzi siedono su seggiole di vimini nel remoto ronzare di qualche mosca, a gambe larghe. «Ma tenetevi un poco composte». Il sole gonfia i chicchi dell'uva sotto la pergola. «Quando si mangia, io ho fame», nel pane bianco e compatto i denti affondano fino alle gengive. Hanno un cane randagio raccolto una sera lungo la strada e lo accarezzano sul dorso ispido, intricato di fili di paglia. Bobby l'hanno chiamato e mangia tozzi di pane dalle loro mani volgendo umidi occhi nocciola. In mezzo al prato una magnolia accartoccia grandi foglie lucide. «C'è una noce in terra, vicino ai tuoi piedi, ma è mia, l'ho vista prima io...», un torpore affamato e paralizzante, si aprono appena le labbra in un sorriso provocatorio a difendere il possesso di quella noce. Il piede in terra la sposta e la schiaccia.

Un soffitto a volta diviso in quattro spicchi, quattro paesaggi diversi illanguiditi da fumi di scodelle, vissuti con il boccone di una durissima pera, la fuga della forbicina per il piatto. Le persiane socchiuse tagliano una fetta del vecchio pozzo e le mosche ruotano accanite nella fessura di sole. Nella penombra le pecorelle di ottone si inseguono dentro la vaschetta per lavare le dita, tremano brulicanti nell'acqua, lucenti come tabernacoli.

Le campane che chiamano a Vespro scuotono l'aria immobile del pomeriggio, le ragazze sedute su un gradino schiacciano la millesima noce e le zie vengono in visita salendo su per il viale delle settembrine. La noia copre la madre come un sudore, lei solleva il petto a respirare profondo, ma le zie hanno sillabe implacabili, asciutte e squillanti come parole di pappagalli. Suona la fine della funzione e Vera e Rosetta escono di Chiesa con la gola gonfia di canto. Le zie dicono «me pias nent il vice parroco, troppo grossier», e battono le mani sulle ginocchia che affiorano sassose dai vestiti di seta grigi. Ha braccia tornite la madre, gambe snelle, occhi e labbra dipinti, e se anche gli anni hanno alterato l'armonia non sono riusciti a distruggere la coscienza della bellezza; come diverse quelle rughe dove la cipria si insinua in un pallore giallastro, quei lunghi vestiti intrisi d'incenso e di parroci, di diaconi e reverendi. Quando la madre arrivò la prima volta sposa con un mazzetto di violette e un cappello a *cloche* loro avevano fatto scempio di lei, la sposa morganatica. Come nelle favole la fanciulla portava in dote la bellezza e ignara saliva il viale delle settembrine. Molto tempo fa, e sotto il cappello lei aveva allora un sorriso a fossette e un timido, tenero ovale. Nei libri conservava petali di rosa.

Vanno le sorelle a comprare i biscotti per il tè e al suono della campanella attaccata alla porta a vetri emerge dal fondo la Colombina con il suo odore di vecchiaia. La mano pesca nel barattolo reso opaco dai polpastrelli e sulla bilancia, uno per uno, cadono i Krumiri (biscotti a cornetto a base di burro, in apparenza simili a biscotti normali, in realtà pesantissimi di formula segreta ben accetti alla Real Casa). E la campana folle nella fine della funzione scandisce i passi di Vera e Rosetta che vengono a inzuppare i detti Krumiri nel tè, con le scarpe bianche e i sempre cilestrini tailleurs. Hanno Vera e Rosetta piccole lingue rosa che raccolgono il tè sulle labbra, le zie bevono rumorosamente e chiedono alle due ragazze notizie delle loro madri chiamandole per nome quasi fossero state loro serve; una luce dolorosa e sfuggente invade obliqua la casa, un sole che non scalda piú mentre si ritira veloce e smorzato dal verde di tante foglie.

I fittavoli aspettano fuori la porta con il cappello in mano, portano tasche gonfie di soldi per pagare l'affitto del campo al padrone che scrive attento e gentile nel gran libro nero della ricchezza. Fermi sul viottolo tengono le mani incrociate dietro la schiena e lo sguardo non sembra vedere, raccolto nella pelle spessa del viso. Non si parlano, non sanno che dirsi cosí in camicia e cravatta dove sciacqua un collo raggrinzito dal sole; come calabroni il vociare di quelle madame nel salottino, quelle ragazze pallide e lunghe avanti e indietro che frenetiche girano la manovella del grammofono, taratà, taratà. Passa la cameriera che scende in paese a braccetto della cuoca, lei è giovane e ride volentieri ma se le fanno un complimento alza le spalle, certo marito non lo cerca in questo paese di contadini. E loro le donne chissà dove devono andarsele a pescare, magari senza denti o con una gamba traversa! Ma il padrone è un padrone buono che ascolta paziente se la grandine ha rovinato il raccolto o la secca dà poco foraggio, e seduto alla scrivania conta veloce i soldi mentre chiede notizie della famiglia.

Giovanni lega la lenza alla canna della bicicletta e va al Po a pescare; sul greto di sabbia umida sono conficcati dei sassi tondi che fanno male al sedere e lui non riesce mai a trovare una buona posizione. Sul ponte provvisorio in ferro passa il treno lento e rutilante nel sole e Giovanni fa finta di non vedere i bambini che salutano dal finestrino, il silenzio squassato da tanto ferroso sbatacchiare. Tranquillo infilza piccoli grilli disperati stringendoli tra le dita sottili poi lancia la lenza che vortica nella luce prima di piombare nell'acqua, in cerchi sempre piú ampi. Compagno di pesca è il Nitin, a distanza regolamentare, e il Nitin a volte gli parla. «Mai visti tanti pesci, – dice, – neanche dopo la guerra del '18». Gli aironi si alzano con zampe colorate rattratte al corpo di piume bianche e il tramonto scivola giú per i tronchi dei pioppi; il Nitin gli offre un liquido vischioso da spalmare sul viso per non farsi pizzicare dalle zanzare. La sua donna lo prepara l'inverno con erbe misteriose «ma non è una strega, – dice, – solo figlia di pescatori anche lei, suo padre una volta prese una carpa di dieci chili e venne sul giornale». Il sole scende rosso e pesante tra i ferri incrociati del ponte, «qua, durante la guerra, – dice il Nitin, – hanno fatto fuori due tedeschi, li han ritrovati fin quasi a Pavia! » Giovanni guarda l'acqua ingorgarsi intorno ai piloni smozzicati dai bombardamenti e scrolla la testa a cacciare le zanzare mentre in fondo al cestino si spegne la luce delle scaglie nel morto odore di fango. Il Nitin raccoglie la bicicletta madida d'ombra e lo chiama perché Giovanni non si decide mai a venir via e quasi non si distinguono piú l'uno dall'altro; solo la macchia chiara del cappello di paglia che il Nitin si calca fino alle orecchie.

Quando torna le sorelle gli si fanno incontro e Giovanni rovescia il cestino sul marmo della cucina, la cuoca volge uno sguardo ostile a tutti quei pesci e sulla carta moschicida dondolano mosche in agonia. La cucina è grande, bianca, vagano vapori di patate e di sugo, la fiamma barbaglia tra i cerchi di ferro dei fornelli, la cameriera grattugia il formaggio e le ragazze rubano le briciole, i gomiti sul tavolo a contare i pesci. Senza toccarli perché fanno schifo. Una volta 89. Entra il fratello e partecipa al racconto come li avesse pescati lui invece di essere stato fra i campi a fare l'amore. Giovanni sorride mentre il fratello recita davanti alle sorelle, alla cuoca, alla madre, le mani disinvolte a sollevare i pesci; e sulla schiena porta ancora la terra delle zolle, i capelli scompigliati dalle carezze.

Ma una notte la madre girata sul fianco con la guancia premuta contro il ricamo della federa ha aperto gli occhi. Anche persa nei sentieri del sonno lei ha un terzo orecchio che non dorme mai. Uscita sul corridoio ha girato l'interruttore di porcellana bianca e nella luce improvvisa i ragni hanno raccolto furtivi le loro otto zampe: Giovanni è lí, con le scarpe in mano, che sbatte le palpebre sotto la lampada a piatto nell'incandescenza dei fili tremolanti. «Ma dove vai?» Sarebbe stato piú giusto chiedere da dove vieni essendo Giovanni appena emerso dalle scale accecato e pallido. «Dove, dove sei stato?» Giovanni non risponde, solo la scarpa gli sfugge di mano con un tonfo. «Dove?» Nella casa il tonfo si ripercuote come una campana a martello, scricchiolano e gemono gli armadi, ante lunghe e squinternate perse nel buio. «Dove sei stato?» Attraverso i calzini il pavimento penetra freddo nelle ossa, dalle labbra incollate di Giovanni solo un fiato sottile e ostinato mentre nel suo sguardo la madre si riflette con borse amarognole sotto gli occhi, capelli appiccicati di sonno, il petto sfatto nella vestaglia semiaperta «Giovanni...»

Con un balzo Michele è entrato dalla finestra del salottino, ha buttato dentro la coperta, poi le gambe e il resto. Un riquadro di luna chiara con tremule foglie di melo, la persiana ha sbattuto con uno scricchiolio roco di vecchio legno. In quel riquadro è Michele, la notte e i grilli. Salendo su per il viale ha raccolto una pera e l'ha morsa dondolando la coperta, che notte ragazzi! Sulle mattonelle a esagoni intrecciati si allunga nitida la sua ombra: diciotto anni, un torso di pera buttato sulla ghiaia, un po' di fiatone per la salita. Pronto a buttarsi nel letto coi piedi sporchi. «E tu, da dove vieni?» Una rivoluzione questa notte. «Sono stato al cimitero a vedere le fiammelle sulle tombe». Con un urlo Giovanni gli si è precipitato addosso «stronzo vigliacco, stronzo!» A vedere le tombe c'è stato lui, Giovanni, che porco questo fratello che per difendersi fa la spia. «Ma che c'è di male, scusa?» «Ti odio, vigliacco e bugiardo!» Poi Giovanni si è messo a piangere nel silenzio imbarazzato degli altri e con il viso bianco di gesso tra le bande spioventi dei capelli è andato a chiudersi a chiave in camera, e nel buio è rimasto a torcersi le mani. Per la verità non è andato solo come tutti hanno creduto mentre lo guardavano leggermente terrificati quasi avesse succhiato il sangue ai morti, ma lui solo ha scavalcato il cancello scivolando lungo i ferri viscidi di guazza. Nel sentore di mortella e di fiori marci si era prosciugato ogni suo umore: se si fosse ferito dalla sua carne sarebbe uscita acqua, come dal costato di Cristo. Si era affacciato alla cappella dove un angelone di marmo additava alla nonna la volta dipinta in celeste, e dal rosone nel pavimento esalava il fiato della morte. Un pozzo buio aperto nelle viscere delle tombe. Oh Michele come ti odio!

Il padre che ci fosse stato Giovanni al cimitero poteva anche crederlo ma che ci tornasse Michele con una coperta e tutta quella paglia sulla schiena, francamente no. Forse la madre si sarebbe lasciata convincere dalle fantasiose risposte del figlio, invece il padre con tenacia e pazienza ha atteso che Michele dicesse il nome della ragazza. E Michele l'ha detto: Piera.

La Piera, la figlia del Gioanen, la Piera della cascina vicino alla fornace, con i fratelli che lavorano ancora la terra. «Meglio la Piera, – dice la madre, – che il cimitero». «Meglio il cimitero, – dice il padre, – l'anidride solforosa della carne che si scompone produce, in determinati casi, delle fiammelle azzurrognole, un fenomeno chimico e niente piú». La Piera invece Michele si è messo in mente di sposarla. La Piera!?

E si riparla dello zio Alfonso che batteva la campagna con le contadine dell'Alessandrino – si diceva anche ai suoi tempi che qualche bimbetto razzolante in camiciola tra le galline ricordasse il suo bel profilo. E alla fine l'Alfonso era emigrato in America, bella fine neh? Ma se lo zio Alfonso amava tanto le copule agresti, Michele ama Piera. E se il suo comportamento verso la ragazza è poco serio e baciarla e abbracciarla quando la luna filtra tra le travi e Piera si stende grave e pallida nel disordine dei capelli, è cosa da mascalzoni, allora non resta altra soluzione mamma, perché le voglio bene... Se ne va per l'aria l'odore della mentuccia e le rondini scendono a volo nero e radente, Piera si è incontrata con Michele nei campi tra canne verdi che scricchiolavano a ogni movimento, lei gli stringeva le braccia al collo ridendo di tenerezza. La sposo, la sposo, la sposo.

E Giovanni mentre siede a pescare guardando il volo preciso di un falco o il cane randagio venuto a bere, immagina Piera tra le braccia del fratello, Piera come l'ha vista in piazza a chiacchierare con le amiche mentre volgeva in giro un sorriso splendente di tranquilla consapevolezza. Il treno passa a strappo sull'immagine dai contorni circonfusi di tramonto mentre la lenza trema a pelo dell'acqua e il Nitin chiama oltre la curva. E Michele vuole sposarla, dormiranno nello stesso letto. Indugia troppo su questo pensiero e un disgusto sottile gli rattrista la serata nel ritorno a casa mentre il Nitin gli pedala accanto raccontandogli della guerra perché lui è stato partigiano.

Naturalmente Michele vuole farla istruire e per un paio di anni Piera andrà in qualche buon collegio a studiare, Michele coltiverà la sua mente vergine dopo la quinta elementare e spalancherà nuovi orizzonti avanti a quegli occhi verdi, pigri e tranquilli come quelli dei gatti.

Ma il padre ha passato le estati della sua giovinezza a studiare su una botte rovesciata all'ombra di un ciliegio o frenando l'esuberanza del passo nelle lunghe passeggiate al braccio della madre sulle strade bianche di polvere; sí, anche lui aveva scherzato e si era divertito, aveva suonato il flauto nelle sere di luna, sempre però conservando precisa la concezione dell'ordine: ciascuno a suo posto. Può anche commuoverlo lo slancio dell'adolescente con mani e piedi troppo grandi che proclama la libertà dei sentimenti, l'amore al di sopra di tutto. «Come si fa a parlare di matrimonio alla tua età, prima finisci gli studi e poi è un discorso possibile». Ma Michele intanto vuole farla istruire. «E se lei non ne avesse voglia, di istruirsi?» «Ma sí che ne ha voglia, è solo che non ha potuto continuare, alle elementari era bravissima, anche la sua maestra lo dice». Va su e giú Michele a grandi passi e le sue parole rimbalzano fra i libri chiusi, il suo avversario è tutto grigio con fredde impenetrabili monete dietro la celata. «Viziato, è che sei viziato, abituato ad avere tutto quello che ti passa per la mente e adesso pur di continuare ad andare con questa Piera sei disposto a portarti appresso una contadina tutta la vita!» «Noi ci vogliamo bene...» «Sí, bene, vorrei vedere se non avessi un soldo o fossi figlio di un fittavolo qualsiasi, vorrei proprio vedere...» Dura, dura e infame, impietosa quest'arma contro il suo petto. Non è vero, non è vero!... Le belle frasi si spezzano in gola, deformate cadono e si incrinano, come sapientemente il padre sa disarcionare; la sua comprensione solo una vernice che a tratti mostra la fibra del legno. Michele è l'uccello prigioniero che spunta i suoi artigli contro le inferriate corrose. La logica strozza, la logica è fredda, metallica, percuote inesorabile, io sarò un ingegnere che sale e scende con una cartella d'ufficio da una macchina nera, lei ingrasserà fra i campi a spargere meliga alle galline. Lo so! Ma adesso lei mi aspetta su una terra ancora tiepida, campi di segala dove il caldo del giorno svapora in un alone lunare, ombre dense di gelsi. «È cosí Michele, dài retta, è cosí...», e la vecchia sapienza umilia fino alle lacrime. Al padre viene da sorridere. «Non c'è niente da ridere sai, niente...», la vergogna di piangere gli fa tremare le mani. Fuori le sorelle corrono in bicicletta, si chiamano e sudano, un vento leggero smuove le foglie del noce e la cameriera cuce su una seggiola davanti alla porta di casa. «Lasciami, lasciami stare...», un silenzio macchiato di sole scivola sui vecchi libri rilegati in pelle che nessuno ha piú sfogliato da anni; il tempo pigia, soffoca chiuso in fotografie sotto vetro di giovani diventati vecchi e di vecchi diventati polvere. «Lasciami...» Le porte sbattono una ad una, briciole di calcinaccio si staccano lungo gli infissi. «Un po' di creanza almeno, che diamine!»

Piera. Giovanni è passato davanti a casa sua e ha guardato attraverso la rete nell'aia dove zampettano le galline. Ma niente Piera, solo un cane ha smesso di grattarsi le pulci per abbaiare furioso. Una vecchia chiamava le oche. Non ha neanche piú voglia di andare a pescare Giovanni, solo stendersi in terra e pensare a Piera, fino a sentirsi mancare il respiro. Lui, Giovanni, ancora non ha toccato una donna. Il Nitin quando si nomina una donna grugnisce, solo di guerra parla il Nitin, di guerra, di tedeschi e di partigiani. Ma la guerra è finita, a Giovanni non gliene frega piú niente, una guerra persa con tante porcherie. Il Nitin gli racconta che i tedeschi hanno bruciato vivo uno e lui pensa alla Fräulein che li portava a Villa Borghese, «guarda che bel rischio» ha detto. Ma il Nitin non ha riso. La terra è dura, spinosa, come farà Michele a stringere Piera sulle zolle delle vigne senza farle male. Tra le crepe i grilli saltano sbilenchi e le nuvole passeggiano in cielo. Non ha mai sentito la sua voce, forse è una di quelle voci stridule che in Chiesa forano i timpani. Si è rigirato steso supino per non esser visto, quasi l'erba in bocca, lo sguardo sulla facciata giallastra dove si aprono le finestre, ahimè, chiuse. Un fienile colmo splende di foraggio nel silenzio. Ecco, adesso viene. Un portoncino dipinto di marrone e sovrastato da una mezzaluna in ferro. Ecco, è lei. Invece niente, solo la vecchia nera con le oche.

Anche le zie hanno saputo di Piera e con le fronti chiuse nella grata lieve della veletta hanno sciamato su per il viale tra il divampare delle settembrine. Hanno raccolto le mani in grembo e hanno sporto il busto nel fare domande, con 'nonchalance'. Una bella ragazza questa figlia del Gioanen. Pungono col loro becco, precise, tenaci, non lasciano la presa, la madre vacilla sul suo trono di paglia: lei non sa chi sia questa Piera, non sa dove vada Michele se non all'oratorio; le zie dicono sí, sí, e rigirano anelli di ametista. Parlano anche loro dello zio Alfonso, «tanto simpatico, neh, quando le teneva sulle ginocchia, ma che vergogna andare con lui per la strada, quando incontrava una bella ragazza perdeva qualsiasi ritegno, e proprio con la nonna di questa Piera, pare, anche... cosí almeno dicevano i vecchi», e schiudono freddi e semicircolari sorrisi tenuti su dal De Andreis, dentista in Casale. «Mah, povero zio Alfonso, che triste fine ha fatto dopo...?»

Piú tardi se ne vanno alitando caffè, le lunghe scarpe con il bottone lise in punta perché non navigano nell'oro queste zie, le loro doti in buoni del Tesoro la guerra ha portato via in un soffio. Hanno un pianoforte su cui suonavano a quattro mani, ma ora non piú, e un cuscinetto di velluto rosso con il tombolo mai finito, anche quello interrotto molto tempo fa. Se ne vanno a passi lenti; e nessuno si chiede mai com'è avvenuto che neanche una di loro sia stata in grado di procreare. Ma una volta sul cancello ridono, ferme tutte e tre, come sopraffatte dall'avvenimento inatteso. Una risata che guizza su come una serpe.

Grappoli di vespe giú per la pergola, lenta luce sulle foglie della magnolia, ragazze che saltano i gradini a due a due e porte che sbattono con fragore. Schiacciate, le foglie del noce esalano un aroma amaro e perverso. Passano i carri viola di vinaccia e l'uva macchia le gonne, è sotto i piedi, tra la polvere. Si spolpa sotto i torchi. Contadine con le gambe gonfie di vene e un fazzoletto in testa gridano in dialetto, piegate a mezzo sui tralci. Piera ha pianto, le lacrime giú per la curva delle guance. Piera docile sdraiata in qualche campo, delusa e triste; un grillo le salta in grembo, allora lei ride. «Per ora rinuncio, – dice Michele, – perché voglio fare l'Università, ma dopo la sposo lo stesso». Piera gli sfugge, il problema si oscura, un'impotenza soffocante paralizza i suoi desideri. *Ruit hora*, Piera, *hora pretiosa*...

Michele e Piera. Disegno geometrico del ponte di ferro, quella sarà l'estate di Piera, lunghi agrodolci pensieri hanno accompagnato Giovanni nelle sue passeggiate, lui ci si è adagiato immobile con il cuore impazzito. «Vorrei restare qua tutto l'inverno» dice. Il Nitin ride «perché non sai com'è l'inverno in questi paesi, qui, al Po, c'è un metro di fanga... l'arriva fin qua... E poi nebbia, nebbia, sempre nebbia...»

I vecchi per via di quella nebbia vedevano anime in pena dappertutto. Sedevano vicino al camino allungando le gambe e tacevano a lungo, tanto a lungo da restarne memoria. Il Pipen e l'Angiolino, rimasti soli a farsi compagnia. Il Pipen era quello che in gioventú era andato a Parigi dove aveva comprato uno scialle di cachemire alla moglie, poi aveva perso un figlio per una frattura al ginocchio e alla fine era morta anche la moglie e lui era rimasto solo a lisciare i braccioli imbottiti della poltrona, vivi e morti accomunati tutti nel medesimo silenzio. L'Angelino con lui, il fratello piú piccolo restato «fantino». E i morti bussavano ai vetri, comparivano improvvisi nella stalla, salivano e scendevano le scale di pietra tra i gridolini spaventati delle donne. Senza turbare il mutismo dei due vecchi fratelli. Era un lento entrare nella quiete ultima, loro due soli quando già tutti dormivano e una vecchia fantesca aspettava in cucina assopita accanto al bricco dell'acqua calda. Mai una parola, mai, solo quando il fuoco stava per spegnersi e il Pipen ne calcolava la rapida fine «Andumma drommi» diceva. L'Angelino alzandosi rispondeva «Andumma». Si svegliava alla voce la fantesca sussultando sul tavolo di marmo; rare parole che dividevano la luce dalle tenebre, parole magiche che dovevano un giorno chiudere la giornata terrena. «Andumma a drommi». «Andumma».

Sono andati al cimitero e la guardiana ha cambiato i fiori nei vasi buttando in un angolo dalie e zinnie dal gambo sfatto. La gonna tesa sui fianchi lasciava vedere le calze arrotolate con un elastico a metà della coscia bianchissima, segnata di vene azzurre. Forse la morte non sarebbe cosí ripugnante se non portasse l'odore dei gambi putrefatti nel metallo, viscidi. «Quando muoio io non portate fiori sulla mia tomba, al massimo una pianta». «Ma sta' zitta, dici solo sciocchezze»; e il padre a bassa voce intona il *De Profundis*, loro rispondono «Domine exaudi orationem meam...», e sono tutti là, anche Giovanni, il cugino del padre morto a soli ventiquattro anni, bello e pallido, tutto di marmo, divisa da ufficiale di cavalleria compresa. Ventiquattro anni e una terribile smania di vivere. Dal rosone al centro sale l'umido di una buia cella dove non si scende che di rado e i cunicoli di calce portano scritti in nero i nomi dei morti: Clotilde, Giovanni, Evasio, Costantino. È la parte rovescia delle cappelle funerarie, la fodera di quei cieli dipinti e di quelle statue meste e pasciute. Una volta il padre ci uccise una biscia.

In questo cimitero ci sono tante tombe piccole piccole, quasi solo delle pietre per i bambini che un tempo morivano come mosche. C'è la tomba della donna morta di parto a diciotto anni e la tomba del ragazzo caduto nel pozzo. La ghiaia scricchiola sotto le suole e cigola la catena del pozzo, sulle siepi ordinate di mortella le lucertole volteggiano leggere. La chiave della cappella gira e rigira nella toppa a buona conservazione dei morti; e negli angoli della grata le vespe ricostruiranno il loro alveare perché non esiste luogo piú tranquillo e propizio di un cimitero. Giovanni aveva ventiquattro anni e morí nel '12, suo padre gli aveva messo un portafoglio gonfio di soldi sotto al cuscino dove lui agonizzava.

Lungo la strada del ritorno il padre è silenzioso e con il bastone sfiora la mentuccia ai margini della strada. «A che pensi papà?» Il padre segue le impronte dei carri e giú dalla camionale scendono le contadine portando panieri di uva legati al manubrio della bicicletta. La nebbia sale dai campi e i pipistrelli sfiorano i fili della luce, giornate che sembrano mozzate a metà per quanto sono improvvisamente brevi. «Papà sei stanco?» Quando il padre era ragazzo si fermava in campagna fino ai Morti e da fuori venivano i parenti per andare al cimitero. Due donne scendevano dalla cascina per aiutare la cuoca a girare la polenta nel camino, si accendevano le stufe e dal forno in piazza portavano le crostate di mele impastate durante la notte. Per quella strada andava la nonna con un ombrellino di panno, per quella strada le zie a grandi passi prepotenti sbattendo i mazzi di fiori contro la gonna. Il padre era un bambino che scappava avanti e andava a nascondersi nei cortili dove i cani si rizzavano feroci fino a strozzarsi con la catena, bastardi con un occhio azzurro e uno marrone. Il bambino correva e strappava la cima di una canna per farne uno zufolo, gli occhi di sua madre limpidi e castani si posavano su di lui a chiedere rispettoso silenzio e il viso si stampava affilato nella cornice di panno dipinta di uccelli. Una strada di polvere e di sole, di piogge improvvise e ruote stanche di carro. Presto, che chiudono il cancello! Pestava il piede in terra, aveva poco piú di trentanni, capelli alti e ondulati e girava impaziente quel suo ombrellino ad aureola che simile a una lanterna magica proiettava ombre diverse sul viso pallido, e nel chiarore della polvere tra bordure di rovi e mentuccia stringeva caparbia un manico a liocorno. «Papà, ma che, non mi senti?»

La ghiaia è viscida e le dalie si piegano pesanti d'acqua; dai vetri sottili della cucina filtra rugginoso il suono della Tribundina. La suonano sempre nella ricorrenza di qualche sepoltura e in questo mese morivano in tanti, quasi tutti malati di petto tra le case ammucchiate lungo il rigagnolo, scure e umide. Ora la gente le abbandona, solo i vecchi che hanno resistito nutrono le loro stente galline fra le ortiche mentre il sacrestano continua a tirare le corde delle campane in ricordo di tutti quei giovani che pativano e sputavano sangue. Entrano i rintocchi nella cucina con le storie delle anime del purgatorio che segnavano nere impronte sui muri della canonica e la Tribundina melanconica e violacea brucia le sue note con la pannocchia rubata fra i campi; ma già il battipanni sbatte sulle poltrone, vecchi giornali avvolgono i soprammobili. L'inverno si prepara a ingoiare la casa, un letargo bacato di cui l'acqua avrà facile gioco. Già le stanze fanno paura nel fondo dei corridoi e le suore dell'asilo vengono a portarsi via ceste di mele, le stuoie dondolano vuote. Un momento, solo un momento. Pesanti valige scendono giú per i gradini, presto, presto, dice la madre, e intanto sorride frettolosa a Vera e Rosetta venute a salutare. Sbatte ancora una porta e la corrente d'aria solleva i vecchi panni stesi a proteggere le poltrone. Un momento. Un giornale scivola in terra. «Ecco, vedi, abbiamo dimenticato la scatola delle uova», e la cuoca corre con il largo sedere illuminato dai fari della macchina. Il bambino della custode guarda assonnato attraverso il finestrino. Aspettate... Dal vetro i visi di Vera e Rosetta pallidi di tristezza. «Metti la sicura allo sportello». Un momento! Ma non c'è piú tempo per dire qualcosa, non tempo per sfilarsi dolcemente dai giorni: un treno fischia nella notte e un capostazione indossa il berretto rosso. Contro i vetri picchiano le settembrine sfiorite.

Le aquilegie

A cavalcioni del '46-47 arrivò Arturo. Entrava con passo da atleta e spalancava la porta della camera di Michele, Michele grugniva dalla scrivania, perché è tardi, porca miseria, sempre tardi arrivi! Ma Arturo sprofondando esausto in una poltrona raccontava della fantastica corsa fra la sua James rossa e un camion alleato. Assolutamente incurante del minaccioso silenzio di Michele. Sbadigliava, andava in bagno a bere, guardava dalla finestra le luci dei lampioni ondeggianti sotto il vento «mica mi piace questa strada, a me...» «L'hai portato il libro di analisi?» «Sí, l'ho portato, l'ho portato...» e lasciava cadere la tenda rassegnato, tanto slancio destinato a rattrappirsi in aridi segmenti neri. Qualche pasticca per la gola.

Aveva capelli folti e lunghi nel collo e appena poteva eludere la caparbia diligenza di Michele varcava la soglia oltre la quale le ragazze scivolavano con pantofole turchine; e si sedeva al piano. La luce rasente sulle dita, dita larghe e prensili sui diesis neri. Ondeggiavano le tende verdemadreperlaceo che chiudevano il soggiorno delle ragazze e le ragazze erano dietro di lui, riflesse nel lucido mogano. «Che cos'è?» domandavano. Chopin, Beethoven, la ninna nanna di Brahms: Arturo canticchiava tra i denti, si interrompeva, parlava, girava sullo sgabello.

Fortunatamente la signora Olteanu aveva ritrovato il figlio già prigioniero nei Balcani e il figlio aveva sposato una danarosa vedova sudamericana, la danarosa vedova aveva costruito una villetta a Monte Mario e lí tra tortore e pappagalli si era ritirata la signora Olteanu. E dove lei si era sempre scontrata con un ottuso rifiuto, trionfava ora il giovane dai capelli scomposti; bastava uno sguardo o un sorriso per squarciare veli e offrire l'Arte in una sera di pioggia.

Poggiavano le ragazze il viso fra le palme incrociate sul piano e guardavano con grandi occhi Arturo premere la tastiera, le note si ripercuotevano attraverso il legno fin nelle ossa del cranio: bella la musica, belli quei capelli ondulati e fluenti, bello quell'ampio sorriso soddisfatto che si levava a tratti su di loro, belle e tenere le fanciulle. E la madre interrompeva, chiamava, rimproverava, scuoteva ninne nanne e chiari di luna.

«Arturo! Ma vuoi venire sí o no?» Arturo avrebbe voluto no, ma il rompiscatole voleva sí, e con un libro aperto davanti Arturo fumava serio contraendo la fronte; tra il ronzio indistinto di macchine e vento lui coglieva una voce, l'aprirsi e chiudere di una porta, uno strillo. A volte una delle ragazze si affacciava alla stanza e ferma sulla soglia nell'imbarazzo del suo sciocco pretesto guardava incerta il fratello per capire quanto potesse osare, un sorriso che assorbiva ogni ultima velleità di studio. Qualche briciola di pane impigliata nelle maglie del golf.

Le ragazze vennero prese da un'improvvisa passione sportiva forzatamente convogliata dal padre verso film d'avventure. La domenica Arturo arrivava con l'impermeabile per andare con Michele alla partita, loro sceglievano un film mentre il padre era ancora steso sotto il plaid e la madre aggiustava un cappello seduta alla toilette dorata. La madre amava i film sentimentali, il padre quelli di guerra, le ragazze bocciavano tutto con il pensiero alle gradinate dello stadio sotto la pioggerellina. Sferragliavano i tram gremiti di ragazzi, a loro le aspettava Adone in doppio petto blu. Inciampavano nei gradini al buio per raggiungere un posto a sedere, perdevano i guanti o l'ombrello nell'aria densa di fumo mentre Arturo urlava di gioia a un goal di Mazzola.

Ma per fortuna esistevano i lunedí, i martedí e soprattutto i sabati. Di sabato c'era maggior rilassatezza anche nei costumi di Michele e Arturo alzandosi e sedendosi svariate volte poteva discutere pubblicamente di sport arte e politica. Michele inclinava ancora a sinistra, lui invece era monarchico, per razza, era nobile Arturo e sul suo stemma figuravano un grifone e tre stelle in campo azzurro. «Di questo azzurro qui», e il dito puntava sul golf di una delle ragazze che subito avvampava.

A braccio di ferro non c'era nessuno che riuscisse a vincerlo. Le ragazze si avviticchiavano con due mani alla sua ampia, asciutta, dura come una pietra e il gomito scivolava sul vetro, le braccia si rovesciavano in gridolini di ammirata sconfitta. Arturo rideva della sua forza in pose plastiche come un giovane David.

La pioggia scivola lungo i vetri, una volta ha nevicato e la strada è diventata tutta bianca. Arturo è stato forse l'unico motociclista in Roma a solcare il candido tappetino scivoloso sbandando da un marciapiede all'altro. Solo lui nel silenzio di una città paralizzata. Giornate di tramontana e sonnolenza di scirocco, Arturo offre le pasticche Golia e le ragazze succhiano lente con gocce di saliva ai lati delle labbra. A volte

Arturo le sente gridare, rincorrersi con le amiche, oggetti rovesciati e risa sfrenate; poi tornano silenziose, lo sguardo chiuso tra le ciglia fitte, dei gesti forzati e una tristezza improvvisa mentre si appoggiano al piano. Come una divinità orientale due visi ruotano su un medesimo corpo, ancora troppo assimilate una all'altra da una vita in comune di sonni bagni giochi e discorsi. A volte questa unione lo irrita ma piú spesso lo affascina perché contiene un'antica armonia, i riti segreti di una tribú.

Si allungano luminose le giornate. A scuola le ragazze seguono il volo di una mosca, disegnano sui quaderni, tirano i capelli alle compagne in una snervante risipiscenza infantile. Le merende restano smozzicate nel fondo della cartella e quando suona la campana della fine della lezione sbandano turbolente con i calzettoni arrotolati alle caviglie. Per strada si inseguono, sbattono in terra le cartelle, si grattano dappertutto. «Se continuate cosí avvertiamo le vostre famiglie» minacciano le suore con voci di cappella lievi e acute, striate di sole. Sempre pronte però a spiare dalle loro torrette i mali e le sconvenienze del mondo, le *Mères* viola dai nasi cosparsi di punti neri.

Alla sera le ragazze si addormentano con la luce accesa per svegliarsi all'alba con un sussulto. Delle mattine escono sul terrazzo e guardano lo spazzino scopare la strada deserta nel clamore degli uccelli, già stanche, con i piedi nudi che battono gelati contro il travertino della balaustra. Pedicelli spuntano improvvisi sulla fronte, è tutta colpa del parmigiano dicono, e ne rovesciano mezza formaggiera nella minestra. Si mordono le unghie fino a farsi sanguinare le dita, a volte tirano fuori i vecchi pattini e vanno avanti e indietro sulla terrazza fra le lenzuola umide stese al sole rombando sopra la testa della cuoca seduta nella cucina a sgranare un fagotto di piselli, i piedi gonfi poggiati sulla traversa della cadrega.

Michele non si è accorto di nulla preso com'è a preparare la prima sessione di esami universitari. Di ingegneria naturalmente. Perché Michele non ha avuto altra scelta dovendo un giorno succedere al padre nello studio in lambrí. Fin da quando erano bambini lui e Giovanni sono saliti sulle palanche incrostate di calce e si sono sporti da balconi senza ringhiere tra i ferri irti contro il cielo, raffreddandosi nelle correnti gelate che serpeggiavano lungo le mura grige di cemento e i bidet con la carta incollata. Per abituarsi al loro regno futuro. Come il Principe di Piemonte erano condotti a passare in rivista i soldati e sfilavano nei cappotti a spina di pesce davanti agli operai con le brache schizzate di calcina che si toglievano la bustina di giornale. La potenza del padre li investiva dopo esser stati trattati come vermi dall'istitutrice tedesca. E ora nel primo caldo che fa pizzicare il golf sulla schiena, mentre una mosca torpida avanza sulla scrivania, Michele studia senza badare troppo ad Arturo distratto sulla seggiola, irrequieto, continuamente assetato che apre e chiude la porta cento volte in un pomeriggio.

Corre Arturo in motocicletta e nel fondo della strada un abito chiaro prende rapidamente corpo. Speranza con il primo vestito estivo corto sulle ginocchia e le sperticate gambe nude, bianche e sbandate come incerte zampe di neonato quadrupede. Speranza con i libri legati in una cinghia di gomma. Speranza, Speranza, con tanta allegria nella castana dolcezza degli occhi. «Accidenti, non ti avevo riconosciuta!» la frenata ha lasciato due striscioni neri sull'asfalto «dove vai, ti accompagno...» Ha riso nervosa stringendo i libri al petto «Io sono arrivata...» Zigzagando con la motocicletta Arturo ha fatto con lei una diecina di metri e prima che Speranza sparisse tra le felci verdi di un portone ha gridato «fra un'ora ripasso di qua, se mi aspetti ti riporto a casa!» Cosí, con indifferenza, scalciando un sasso fino a farlo scomparire nel tombino.

E in capo a un'ora Speranza era di nuovo fuori dalle felci, tolto il cerchietto dalla testa i capelli si gonfiavano ai lati del viso. «Reggiti forte, – aveva detto Arturo, – che si parte». Dopo, quando Speranza era rientrata da un pezzo, il padre tornando a casa aveva chiesto come si chiamava quell'amico di Michele che in motocicletta andava come un matto e per poco non era finito sotto la Circolare.

Speranza esce; per comprare un quaderno, per andare a lezione di inglese. «Ma la lezione non è alle quattro?» La porta si è già richiusa silenziosa alle sue spalle. Domande, domande, domande... dondola la cinghia dei libri e cammina in fretta, poi piano, sempre piú piano nella strada balenante sul fondo dei rossi metalli della James. Case alberi passanti, spazzati via, in un rombo.

Siede Speranza accanto ad Arturo, sorride, tenta qualche nota sul piano e Arturo le sorregge la mano per darle una buona impostazione. L'aria gonfia le tende; forse cosí si guardavano la signora Olteanu e il cugino tra i ciuffi lilla delle aquilegie...

La motocicletta è riversa tra l'erba, Speranza gioca coi bottoni del golf «Hai mai provato a far volare un aquilone?» Domande, domande, domande...

Nell'ingresso rivestito di legno la vecchia domestica

transita con passi felpati e inquisitori nell'ovatta del tappeto; le mani di Speranza sono fredde, la pendola batte cavernosa. «Dài, entra!» la lama di luce colpisce il ritratto di Arturo a tre anni mascherato da gallo, Speranza ride. Appoggiato al pianoforte a coda Arturo la guarda: le dita passano sui tasti e un suono disordinato e profondo solleva bollicine iridate dai gambi dei tulipani immersi nell'acqua. Mobili scuri e scuri ritratti da cui emergono pallidi i nasi degli antenati; nel giardino il gatto salta silenzioso giú dal muro di cinta. Il fragore del Concerto di Varsavia fa volare via gli uccelli, trema il pavimento sotto i feltri delle seggiole. «Ci sono aquilegie nel tuo giardino?» «E che cavolo sono le aquilegie?» Domande, domande, domande... Controluce il ripiano di mogano si vela di un lieve strato di polvere. Fette sottili di pane imburrato, un burro leggermente rancido che si incolla alle labbra con un sapore metallico.

A Valle Giulia si sono baciati, dietro la Galleria d'Arte Moderna: «Questo sol m'arde e questo m'innamora», Michelangelo.

Hanno preso un gelato alla Casina delle Rose, seduti al tavolino perché Arturo doveva raccontarle la storia del suo amore infelice per una ragazza piú grande di lui, una stronza... Erano quasi soli e nell'ombra un po' decadente e slabbrata il gelato sapeva di caramella.

Sono andati a Fregene e Arturo si è cambiato dietro le cabine ancora chiuse; dopo ha dovuto inseguire nel vento le mutande che volteggiavano sulla sabbia. Speranza è rimasta seduta pallida e silenziosa, un vento forte di sole che attraverso narici e bocca sembra penetrare nel cervello. «Qualcosa che non va?», Speranza alza gli occhi e Arturo è grande sopra di lei, con i muscoli in rilievo, peli neri e un gran sesso nel costume da bagno. Domande, domande, domande... ha abbracciato le ginocchia ed è tornata a guardare lo sforzo di un coleottero per sgusciare dalla sabbia che lei continuamente gli versa sopra. Arturo è corso nell'acqua «Stupendo, Speranza, stupendo...» la sua voce si perde nel frastuono dei cavalloni. Il coleottero è di nuovo fuori e Speranza lo copre rabbiosa con montagne di sabbia. «È stato stupendo sai...» i capelli sgocciolano sulla schiena coperta da efelidi. «Non viene piú fuori!» ha urlato, e le dita intorpidite di freddo si sono messe a scavare affannosamente. Ma il coleottero, ahimè, piú non c'è. Scava e scava ha fatto quasi una buca. «L'ho ammazzato!» si è stretta addosso la giacca infilando le mani nelle tasche, il viso come scarnificato dal vento. Allora Arturo ha raccolto la legna sparsa sulla spiaggia e il levante ha sollevato la fiamma risucchiandola verso il mare; Arturo e Speranza si sono abbracciati. Arturo si era rivestito e nella nuvola di fumo odorava di alghe e di bruciaticcio.

Ormai non ci sono piú dubbi, quando siede al piano Arturo guarda sempre Speranza. Uffah, che strazio! sempre la stessa lagna! e Maddalena se ne va chiudendo la porta con un calcio. È ora di finirla con tutto questo strimpellare, e poi lei non ha orecchio musicale, è stonata, e canticchia in terrazzo mangiando ciliege, i noccioli li butta nei vasi, hai visto mai che nasce un albero? Le bambine del portiere cantano il girotondo intorno al lampione e i vestiti chiari raccolgono l'ultima luce grigiazzurra d'asfalto, le voci stridono monotone e provocanti. Maddalena strappa tra i denti le foglie dei gerani, poi le sputa giú, la bocca amara. L'acqua gorgoglia sommessa fuori dalla pompa e bollicine scoppiano dove invisibili animaletti esalano nella terra la loro vescica d'aria; Maddalena molla il tubo e si sporge fino a schiacciare il petto contro la balaustra, la mano a comprimere la gola impazzita nel rombo di una motocicletta.

Arturo e Speranza. La faccenda si chiude un po' tristemente, glicine riverso oltre il muro di fronte, ragazzi giocano a tennis. Un senso vago di solitudine nell'aula invasa dal sole, desideri e sogni senza piú coesione vagano ora in un universo nebuloso, ruotano con il polline dell'acacia nei pomeriggi stagnanti alla scrivania a contare i giorni che mancano alle vacanze. Succhia Maddalena la punta dei capelli, siede in braccio alla madre e ferma resta con le due ossa puntute del bacino quasi a forarle le cosce. «Dài Maddalena, sei pesante sai, mi fai male...»

Ma sarebbe venuta anche l'ora di Maddalena, solo che lei non lo sapeva mentre guardava gli operai camminare in punta di piedi sul marmo tirato a lucido (non si sa se per tema di scivolare o spaventati dallo sguardo della signora volto alle spesse suole bombate) e montare il ping-pong reggendolo appena con i ditoni insensibili per il freddo e la calce. Verde, con strisce bianche, in verità un po' molle di gamba, il ping-pong brillava nella semioscurità di un lucore trionfante.

Scomparsa quietamente la signora Olteanu con i suoi turbanti lavorati ai ferri, sparivano adesso le pantofole turchine, al loro posto suole cicche e sudore. Si scopre che un certo amico di Michele produce un umore amarastro, quasi soffocante. La madre passa ad aprire finestre, Adone la mattina strofina via gli strisciscioni dal pavimento. La madre ispeziona chi abbia suole di gomma nera: in maggioranza. «Abbiate almeno un po' di riguardo!» «Se è solo per questo le scarpe le togliamo, anzi si gioca meglio». Calzini blu, verdi, amaranto. Calzini a strisce, da cafoni.

Non piú composte bambine in grembiulini a quadretti che si succhiano la treccia o sedute in terra giocano serie con i dadi neri del domino, non piú crepuscoli scuri e lenti di merende: fumo, bottoni che saltano, tanfo di ascelle e di piedi. Non esiste gioco piú straordinario con tanti ragazzi volenterosi che insegnano a giocare, raccontano barzellette e offrono perfino una sigaretta.

Un ping-pong che coinvolge tutti, anche la cuoca a contare il resto della spesa su in cucina dove le urla arrivano con il boato dei colpi; e le farfalline crescono spesse nel brodo fino a diventare una colla. Perché non sen-to-no-ni-e-nte, Adone otto volte l'ha suonato il gong! Ragazzi che entrano, che escono sbattendo la porta, c'è chi preme il campanello due volte e chi nell'attesa picchia con le dita sul legno. C'è il pianoforte dove Arturo imperterrito continua a suonare con la dolce Speranza, non coinvolti loro ma parte integrante della grancassa generale. I doppi misti sono il genere che va di piú. Organizzano un torneo e tutti si quotano, le ragazze vuotano i borsellini sul letto a reperire ogni spicciolo. Arturo si piazza molto bene, Maddalena rimane penultima. Il tavolo dell'ingresso è un mare agitato di cappotti.

La madre ha aperto la porta ed è stata investita da un vapore di giovani corpi ribollenti e sommariamente lavati, c'era chi sedeva in terra e chi si riaccomodava i calzini al piede. «Ma Maddalena, che fai?» Maddalena con la camicetta fuori dalla gonna saltava scalza da un lato all'altro del tavolo. «Maddalena!» «Tutto regolare, tutto regolare» aveva risposto l'arbitro seduto composto e occhialuto su un alto sgabello. «Non parlavo a lei, parlavo a mia figlia». «Mamma, che vuoi?» si è fermata con una mano sul fianco l'altra pendula a reggere la racchetta, e fuori dai capelli scarmigliati versava uno sguardo di ghiaccio «Che vuoi?» Sguaiata.

Sguaiata. «Non esagerare» ha detto il padre preso anche lui contropiede da questa improvvisa e inattesa promiscuità. «Sguaiata, sguaiata...» Ma il padre ha allargato il giornale in fondo al letto e si è steso a riposare nella luce di un abat-jour di seta plissé, non esagerare... Nella penombra affiora il ricordo di michette rafferme e catini smaltati, scuri Barnabiti nel cortile lastricato sorvegliavano la ricreazione, su al nord nella piana brumosa di Lodi. Era proibito toccarsi e quando giocavano ad acchiapparella dovevano usare una corda che i piú grandi immergevano nella fontana e il freddo ghiacciava rendendola un randello. Un ragazzo dalla testa rasata china sui libri nelle camerate con fioca luce, pallido e composto nella divisa con gli alamari «Lasciali divertire...»

Divertire, divertire, ma è intorno a questo tavolo appannato dalle mani, urtato dai corpi, percosso dalle racchette (e un giorno finirà in terra, cavallo che ha troppo trottato) che Antonio e Maddalena si sono incontrati. Veramente Antonio era amico di Giovanni da tempo, un amico segretissimo che lui conservava gelosamente in camera sua e una volta finito di studiare se lo portava subito fuori, quasi non si riusciva a vederlo nell'anticamera semibuia mentre si infilava il paltò. Divertire, divertire... Una risata larga, forte, contagiosa di allegria. Una bellezza scura, decisa, straordinaria nella sua trascuratezza. Gioca troppo precipitoso e ha diciotto anni, prende dieci in filosofia e c'è chi lo trova un tantino fanatico quando parla di cinema. Oltre la pallina che se ne va per conto suo lui si perde a guardare la ragazza bionda, incerta ancora nel gioco, che se le fanno un complimento diventa subito rossa. Occhi celesti, limpide farfalle di timidezza, mani piccole e sudate strette attorno al manico della racchetta; ma se sbaglia manda un urlo da fiera. Ha poco piú di sedici anni e la sua grande difficoltà è il latino scritto, delle volte arriva con un quaderno e va dritta da Antonio a chiedergli lume. In ginocchio sul marmo Antonio traduce, lei succhia attenta la medaglietta al collo ma nel fondo degli occhi svaga e svaga, le parole se ne vanno con bucolica pace...

Antonio arriva con la bicicletta e Maddalena è alla finestra che guarda giú fingendo di non vederlo, la fronte preme bianca contro il vetro: nebbia di fiato, macchine con i fari che tagliano la pioggia, tacchi e galosce di bambini per dividere il tempo. Giovanni accende improvviso la luce a sorprenderla in flagrante, pallido e inquieto.

Giovanni e Antonio studiano per la licenza liceale e insieme compongono poesie ermetiche. Nelle poesie di Giovanni c'è sempre una donna, questa donna neanche lui sa chi sia e con Antonio la chiamano Una. Antonio lo sfotte ma le sue poesie piacciono molto anche a lui e le ascolta a braccia incrociate mentre Giovanni le legge in piedi guardando in alto, oltre la cima dei pini. Antonio scrive di lotta e di proletari perché è comunista e nei suoi versi galoppano vessilli rossi. Porge serio i foglietti a Giovanni: una calligrafia veloce e sicura, Giovanni non ha mai letto versi cosí violenti. Escono a volte verso sera e declamano fra i denti, in faccia ai passanti, tirando calci ai sassi. Ci sono sere in cui Antonio lo lascia, «vado al casino» dice, e tornando a casa da solo Giovanni pensa a quelle donne con ombelichi e seni velati che aspettano Antonio su divani di finta pelle; e prorompe in versi appassionati per Una. Poi, in camera, nasconde in fretta le poesie dell'amico sul partito e la lotta per timore che qualcuno le scopra e di conseguenza Antonio venga bandito dalle pareti domestiche. Perché il Comunismo è la forza oscura del Male. Berlic e Berlicche.

Il martedí Antonio non viene. Con Giovanni va al circolo del cinema, il padre non sa che è un circolo di sinistra. Il martedí una giornata vuota, stupida, e in piú molti compiti scalciando continuamente contro la parete. Il martedí un giorno a forma di pesce, un giorno che naviga in acque morte e sbatte senza scopo negli angoli di casa. «Ma è un circolo comunista?» «No, comunista proprio no, anche se il presidente è un simpatizzante, lo sanno tutti». Lo ascolta mordendosi le labbra, chissà se per il virus da cui è infetto o forse il desiderio di andare anche lei. Seduti sul davanzale della finestra un vento leggero batte sulle schiene sudate, Antonio la guarda nel golfetto d'angora nuovo (che idea di metterlo per casa, ha detto la mamma) e vorrebbe contaminare la pagina bianca della sua mente. Giustizia Sociale, Lotta di classe, Rivoluzione, labbra decise stampano lettere scarlatte; ma ahimè la fanciulla non è ricettiva, la sua una carta lucida su cui l'inchiostro scorre senza far presa. Ma come si fa ad essere comunisti con un paese come la Russia, un paese di oppressi e di disgraziati, se aprissero le porte fuggirebbero tutti come lepri, in America, sí, che c'è Giustizia Libertà e Benessere! La Verità le riempie le orecchie, freme Maddalena di furore apostolico dimentica pingpong partita latino e nella nuova missione redentrice offre a garanzia celestiali pupille, piccolo seno raccolto nel golf d'angora, una calza smagliata fermata con il sapone.

Siedono Giovanni e Antonio in terrazzo al tavolo ingombro di libri e fogli di carta; nel bicchiere smerigliato la limonata si intiepidisce sempre piú simile alla limonata Roger di buona memoria. «Forza Giovanni, mettici un po' di buona volontà!» Antonio lo urta col gomito ma Giovanni poggia la testa sul libro e il calore che sale dalle mattonelle appassisce ogni buona intenzione. Se riusciranno all'esame andranno insieme a Venezia. Una radio suona poco lontano e Antonio picchia con la matita sul vetro, intorno al mento la barba è lunga, scura, dura solo a vederla; ha preso la simpamina Antonio e gli occhi guardano spiritati e tristi. «Questa la conosco, la suonavano sempre l'altra estate...» la voce si rifrange nel vetro e Giovanni sposta la testa a trovare una pagina piú fresca: nella luce della lampada di ferro bianco le dita di Antonio arrotolano nervose una sigaretta. Il tabacco puzza, dà la nausea. Quando la sigaretta si accende la carta sulla punta fa un piccolo incendio. Giovanni vorrebbe chiedergli di quelle donne al casino ma una rabbia sottile lo prende alla gola, o forse vergogna. Il geco è immobile fra i rami del gelsomino, incollato al cornicione punta gli occhi piccoli e freddi come pallini da caccia, Giovanni ha un brivido «che schifo!» «Che cosa fa schifo?» «L'esame...» Nella casa di fronte hanno spento le luci ma dalle saracinesche semiaperte filtra ancora un foxtrot di vent'anni prima, con le labbra secche Antonio scola fino all'ultima goccia la limonata. La radio non si sente piú e il geco è sempre immobile fra i fiorellini bianchi, un silenzio blu striscia sul muro e fili sottili impalpabili avvolgono la terrazza Antonio l'orologio fermo alle otto i fondi vischiosi di zucchero nei bicchieri, un piattino di cicche. La pagina lucida dove le formule si snodano come formiche. Il geco è un mostro con una zampa sul petto. «Dài, Giovanni, questa formula dell'uranio...» «Ma piantala, lo sai che ore sono?» Le ossa delle tempie scricchiolano di fatica e attraverso il vetro del tavolo Giovanni vede i suoi piedi larghi, stanchi, perduti, sempre piú lontani. Ha chiuso gli occhi. Le parole si perdono remote nella fresca trasparenza del cristallo, Giovanni sogna di correre per strada con una bandiera rossa nella ricerca disperata di Antonio. Maddalena!

Sono partiti, sono andati in villeggiatura in montagna e passeggiano nei boschi con gli scarponi chiodati. Fradici camminano sotto la pioggia che dilava le rocce e ansimanti salgono lunghe gole sassose dondolando sulle scapole i sacchi pieni di scatolette. Speranza ha lasciato Arturo e mai Roma le era sembrata cosí bella come nell'afosa sera di luglio mentre il portiere sul portone si faceva vento con un giornale: beato lui che non deve partire! Aveva voglia di piangere mentre il treno sferragliava tra i binari di periferia costeggiando fuligginosi terrazzini dove le viti americane stentavano a crescere. Bambini in canottiera guardavano il treno aggrappati al parapetto sotto la luce gialla di una lampadina.

Ora mangiano nei rifugi e cantano cori di montagna. Michele scala la Cima Grande di Lavaredo portandosi appresso rotoli di corda che spezzano le spalle e dall'alto guarda i paesi sparsi in basso tra folate di nuvole, la guida alpina che affetta pane e salame col temperino. Lui si mette in posa con il profilo inciso contro il cielo e pensa di mandare la fotografia, perché no, alla Piera.

Maddalena e Speranza divorano patatine fritte e collezionano stelle alpine fra i libri. Guardano i tirolesi salire sull'albero della cuccagna e mangiano le salsicce con la senape. Non perdono un ballo alle feste folcloristiche e hanno gonne rosse e blu che si gonfiano come palloncini, ruotano nel valzer strette da nodose mani di montanari in calzoni di pelle. Belli e biondi li sognano la notte, salutandoli appena il giorno seguente quando li incontrano con i loro arnesi di lavoro, calzolai o panettieri.

Giovanni guarda le sorelle ballare e sorridere e avrebbe voglia di tirarle giú dal palco; per una questione morale, visto che gli uomini sono i medesimi che fino a poco tempo fa sparavano colpi alla nuca nelle cave di tufo. I discorsi del Nitin in riva al fiume ritrovano il loro senso nei salti e nelle urla di questi Unni che si divertono come bambini con le sue sorelle. Litiga furibondo perché individua SS tra i ballerini che si inchinano rispettosi a tre passi di distanza. Le ragazze si indignano di questa interferenza, e poi una SS è una persona come le altre, neanche ricordano piú cosa voleva dire: Schutz, Sch... Minacciosi i tirolesi tracannano birra e le ragazze scappano piangendo dalla madre.

Prati molli d'acqua dove le mucche scuotono fondi campanacci. Irraggiungibili cespugli di rododendri, la genziana blu. I carri tornano colmi di fieno e le contadine sulle porte delle baite richiamano i bambini che portano grembiuli a quadretti e calze lunghe di lana. Maddalena e Speranza corrono sotto la pioggia, bevono l'acqua ghiacciata da letti di corteccia, si rincorrono su per le scale nel frastuono dei loro scarponi. Dormono sonni da catalessi sotto ai piumini. Il vento disfa i capelli e la pioggia bagna i vestiti, il fango incrosta le gambe. Ancora frutti della terra, alberi o cespugli, ancora per poco. Lo sentono senza saperlo fra tristezze improvvise e sbalzi di umore, entusiasmi irragionevoli. Tenere a volte hanno sguardi di pietà per un gatto, una vecchia; altre volte irritano e stupiscono per la loro stolida indifferenza. Il passato non esiste tanto il futuro preme: tedeschi, guerra, SS, che sono a confronto di questa smania di diventare. Di possedere. Il passato le ha appena sfiorate con le sue terrificanti giornate, la loro memoria è breve, chiusa intorno a piccoli fatti. Stupite guardano il fratello rimproverarle rosso di rabbia e non capiscono, pensano sia brutale, fissato, gli voltano le spalle «ma che vuole questo qua, è matto... adesso non si può neanche ballare o mangiare una salsiccia!»

Giovanni allora si sfoga a gridare «crucco» al domestico con il grembiule di panno verde che non articola una parola di italiano, chissà questo qui poi da dove viene... Con un ragazzo conosciuto in albergo siede al caffè a guardare le ragazze, e vorrebbe seguirle per un movimento del capo o un modo di camminare. Invece resta inchiodato alla seggiola di ferro a bere lampone e l'amico dice: con questa sí, con quella no.

Con questa sí. E Giovanni l'ha aiutata a portare il sacco e insieme hanno preparato il tè sciogliendo la neve rimasta infilata nella spaccatura di quel Sassolungo che dà le vertigini cosí dritto sopra la testa. Hanno scherzato e ballato tutta una sera; la ragazza ha detto che anche lei scrive poesie ma si vergogna e non le fa leggere a nessuno «neanche a te per adesso...» e sorrideva bionda e invitante su future promesse. A Padova, la sua città, molti ragazzi le fanno la corte. Quando vede la luna si stende su un prato e dice tutto quello che lei ci vede, la Madonna di Pompei, due che si baciano...

Tanto sole sulle pietre del torrente, prati lisci di verde dove gli scarponi affondano senza rumore. Lo stridio lontano di una segheria e i girasoli viola della sua gonna: Giovanni ha cercato di abbracciarla. Immaginava una resistenza, labbra tenere e incerte che lui avrebbe dolcemente dischiuso. Non un sorriso chiazzato di luce che lo guida subito giú, nel profondo pascolo di ombre. Ha ritratto la mano Giovanni, contaminata. Imploranti, sgomenti, nudi gli occhi che ora lo guardano nella mattina, pietosi come interiora di vittima. È una pietra aguzza Giovanni mentre scende veloce e i sassi rotolano davanti ai suoi piedi, le labbra si saldano sottili mentre il merlo canta sul pino. Pallido e agitato, bollato di rabbia.

«Sei un fesso, un fesso!» «Dài, piantala, non mi piace e basta...» «Ti dico che sei un fesso, ma di', non sarai mica...» Giovanni alza le spalle, e poi l'ha stufato questo milanese che non capisce niente di poesia ermetica e ridacchia quando al di sopra della spalla arriva a leggere qualcuno dei suoi versi. Allora se ne va solo per i boschi o al torrente dove trote ghiacciate sono immobili e pensa a Piera lungo le vie polverose. Ai campi nel pulviscolo luminoso del tramonto quando il padre lo portava a contare le moggia d'erba medica. Le ruote dei carri giravano sbilenche sul terreno disuguale e dall'alto del carro la contadina con la veste nera lo chiamava per regalargli un grappolo d'uva. Giovanni senza rispondere continuava a guardare il padre far saltare con il bastone le ranocchie nascoste fra l'erba, e diceva ancora, ancora anche se aveva paura. Là, in quel prato, con te Piera. Tra i pioppi che ruotano nell'aria foglie grige e celesti.

Ma quando torna la ragazza è sulla porta ad aspettarlo, la voce stride di note false che subito lo agitano. Non sopporta il suo sguardo, come stringere fra le dita qualcosa di molle e umido (una volta da bambino aveva messo la mano su un rospo credendo che fosse una pietra). Ma lei non sa, non capisce, scuote la testa folta di capelli, non chiede poi molto con le sue camicette tirolesi da cui prorompe un collo bianco e forte, che ti prende Giovanni? Una sera l'ha fermato nel piccolo giardino di fronte all'albergo, voleva sapere perché e parlava di poesie, di amore, lei grande e bella amata dagli studenti di Padova. Giocherellava con un nastrino, ecco, una tirata, e la camicetta va giú dalle spalle... «Amo un'altra» ha detto. Il ragazzo di Roma, pallido e lungo, difficile e certo un po' frescone. E appoggiato alla parete dove roselline rampicanti pungevano attraverso il pullover aveva descritto Piera, stella lucente nel crepuscolo. Forse Venere o Marte sull'orlo azzurro delle Alpi.

La Salvia Splendens

Si piegano le dalie investite dal getto d'acqua e dondola l'altalena nel ronzio delle vespe, Giovanni legge un libro sui processi di Norimberga. Intanto mangia pane e salame. A volte il boccone è troppo grosso e lui deve riprendere fiato con il libro abbandonato sulle ginocchia, briciole scivolano sulle pagine. La mamma chiama attraverso le stanze e Maddalena pedala intorno alle petunie viola, scricchiola la ghiaia sotto la ruota della bicicletta. Giovanni legge di forni crematori, di strumenti di tortura; quasi ancora una favola – una di quelle favole di Grimm che azzurre fluivano dallo sguardo di fräulein Anne Marie. *Mia madre mi ammazzò, mio padre mi mangiò, mia sorella Marilena l'ossa mie tutte raduna; nella seta le ha legate, sotto il ginepro celate.* Le noci cadono con un tonfo, alza gli occhi Giovanni sentendole una minaccia per la sua testa e tra le foglie il sole schizza bruciando. Passa il gatto strofinandosi ai pantaloni, caldo preme attraverso la stoffa e la mano si allunga macchinalmente ad accarezzarlo. Ma per la bambina che giocava con i fiammiferi non c'era scampo, di lei restavano solo le scarpette con il bottone e un mucchietto di cenere. Il padre torna lungo il viale scostando con il bastone le prugne cadute in terra, «Giovanni!», e tra le settembrine agita bianca una lettera per lui. Un campo, a Mauthausen, dove non cresce piú l'erba.

Le ragazze prendono la bicicletta appoggiata al muro della casa. «Dove andate?» «A Occimiano a comprare le paste». «Aspettate che vengo anch'io...» Lascia il libro con le pagine appoggiate alla tela della seggiola e si alza levando un grosso sospiro, gli sembra cosí di liberarsi di tutta l'angoscia per andare a Occimiano a comprare i cannoli. Pedalano sulla camionale piena di buche costeggiando fossi dove le rane saltano giú a capofitto nel verde velluto della melma. Le foglie dei pioppi tremano come scaglie e il campanile di Occimiano si alza tozzo nella pianura sfatta di calore, un carro carico di erba porta in alto una donna con un fazzoletto in testa che dondola i piedi nudi. Passando le sorelle strappano un ciuffo di erba, porta fortuna.

Quando tornano è buio e il lampione è già acceso davanti alla casa del Podestà che il 25 Luglio si prese un calcio in culo mentre si chinava a raccogliere il distintivo fascista che qualcuno gli aveva strappato. Appena il tempo di lavarsi le mani guardandosi nello specchio del bagno, e il pettine passa fra i capelli biondi, si sorride Giovanni sollevando un sopracciglio e la sua immagine lo riempie di orgoglio, quasi un'ebbrezza tra spazzolini da denti e boccette. Ma quando verrà mai questa donna pazza d'amore! La sera è tiepida, chiara, e i passi vibrano nell'aria con un suono diverso, la porta di casa cigola acuta e il grillo sospende il suo canto. Gli occhi del gatto si accendono nella fessura di luce dell'ingresso. «Speranza dài, piantala!» Speranza ride, no, non la vuole piantare, e soffia sul fiammifero acceso da Giovanni. «Stronza...» La luna dilaga sui campi e ombre fantastiche come colate di lava si condensano lungo i fossi «attenta dove cammini, c'è l'ortica». I piedi si sgraffiano tra le zolle, l'uva è fredda aspra e dura. Sulla strada bianca di polvere incontrano ragazze a braccetto. Si salutano, si chiamano e ridono uniti dalla luce irreale che cola dall'alto nei tocchi fondi del campanile. Ma esistono davvero i lupi mannari?

Salendo per andare a letto Giovanni raccoglie il libro con le pagine gualcite e umide della guazza. «Cos'è? – ha chiesto Michele, – non so proprio come fai a leggere certe cose, ci vuole uno stomaco...» Il libro struscia contro la ringhiera, le pagine come se penetrassero attraverso i polpastrelli. A letto Giovanni lo apre, lo richiude, lo riapre senza leggerlo. In copertina una donna morta contro il filo spinato.

La notte sogna luna e ragazze.

Il ponte è stato ricostruito, un bel lavoro ha detto il padre. Nel fiume affiora ancora il vecchio pilone e il treno passa veloce con i finestrini lucenti nel pomeriggio. Maddalena e Speranza vengono a fare merenda e siedono accanto al Nitin per guardarlo pescare. Il Nitin offre le pere del suo orto aprendo il fazzoletto a quadri e il sugo delle pere cola sul mento, le ragazze si puliscono con il dorso della mano. Si tolgono le scarpe e guazzano in acqua, il Nitin brontola sotto il cappello di paglia sfilacciato, se fate cosí i pesci van via! Fiori gialli crescono sulla riva, le ragazze li strappano con tutte le radici. Il Nitin assaggia i biscotti che Maddalena tira fuori da un cartoccio «ma il cioccolato no, il cioccolato non lo mangio, rovina i denti...» e ride coi buchi neri dei denti che non ci sono piú. Ridono anche Maddalena e Speranza mentre gli incisivi affondano nelle pere «cioccolato e pere è buono sa...» Le gambe nude hanno una leggera peluria bionda loro si grattano vecchi pizzichi di zanzare fino a farli sanguinare.

Neanche il Nitin parla piú dei tedeschi, con la lenza in mano si diverte a guardare le ragazze che sollevano con due dita la coda dei pesci e gridano di meraviglia. Ma a volte mentre siede con loro capita a Giovanni di tornare col pensiero al libro interrotto a metà, cosí una sera l'ha ripreso e l'ha letto tutto d'un fiato con gli occhi spalancati come lanterne. Dorme solo e a momenti l'angoscia gli ha serrato il cervello. Non sono piú le favole di Grimm, non piú la piana voce di Anne Marie ma una realtà catramosa i cui oscuri contorni si delineano improvvisi: mentre pedala o il Nitin infilza un verme. Quando si lava e l'acqua esce a fiotti dal rubinetto, il sapone scivola nella vasca...

Ma come si fa con questo figlio, come si fa, sempre con i morti invece che con le ragazze... e la madre chiude in fretta quei libri, lei che ama Bourget e Fogazzaro, la *Partita a scacchi*. E poi non può sentir parlare dei campi di concentramento perché le ricordano dei vicini di casa, ebrei ma bravissime persone, prelevate una bella mattina dai tedeschi, e dopo, non se ne è saputo piú niente, niente! «Te li ricordi anche tu Giovanni, no? quel ragazzo che aveva pressapoco la tua età, che la portiera non gli faceva mettere la bicicletta nell'ascensore, te lo ricordi? E quando sei stato a letto con la difterite vennero a trovarti, ti portarono un meccano...» «Incredibile, incredibile, – dice il padre, – ma hanno fatto la fine che meritavano, Hitler in bocca a Lucifero!» Non risponde Giovanni cercando di volgere altrove lo sguardo.

Va a Casale e cerca nelle librerie silenzioso e tranquillo, i pantaloni sporchi del grasso della bicicletta. I libri sono polverosi e quelli che lui cerca non si trovano. «Soprattutto qui a Casale, – dice il commesso, – quella roba lí va poco...» Torna a casa e siede in giardino a leggere, gli sembra di inchiodare se stesso contro un muro. Smania talvolta guardandosi in giro, corre in bicicletta, si prende a botte con Michele ma finisce sempre per riprendere il libro, voltare in fretta le fotografie. Una bocca come una voragine vuole inghiottirlo, lui ha sempre sofferto di vertigini. Eppure è tutto finito, i Cattivi sono stati puniti e Vendetta è stata fatta, ogni cosa è tornata nell'ordine: i bambini saltano a corda nelle strade e gli uomini tornano a casa la sera, io sono qua tranquillo nell'ombra e le sorelle siedono sui gradini a sbucciare una noce, mangio l'uva e rido della mamma che imita le zie. La cuoca coglie l'insalata con le forbici e un calabrone blu si posa pesante sulla corolla di una petunia.

«Le ragazze ebree dovevano essere a disposizione dei soldati tedeschi e se poi i soldati non restavano soddisfatti le ammazzavano». «Che ne sai tu?» «L'ho letto in quel tuo libro... che vuol dire "se non restavano soddisfatti"?» Dov'era il suo libro, cosí a portata di mano della prima cretina che poi diceva queste cose cantilenando, con la bocca piena...

Piera si è fidanzata e passeggia la sera sottobraccio a un maestro elementare lungo la strada che sale verso le colline. Porta i capelli raccolti sulla nuca e nel viso pallido gli occhi si aprono verdi, inquieti. Giovanni la incontra mentre scende in bicicletta e le fa un cenno di saluto sollevando le mani dal manubrio, Piera sorride, brillano nel tramonto gli occhiali del fidanzato mentre la mano preme sul braccio di lei; pare che sia molto geloso. Quando si sposerà Piera cambierà paese, altre vie e altre aie lungo le sue passeggiate serali. Giovanni si ferma a guardarla, lei sale per la strada con il golf ciondolante dalle spalle e il fidanzato parla e parla stringendole il braccio.

Vera e Rosetta ballano con le sorelle in camera da gioco e chiamano Giovanni per fargli sentire un disco, le voci stridono nel sole bruciante del mattino. Si affacciano alla finestra, spettinate e allegre, infaticabili nel girare la manovella del grammofono «basta leggere, piantala un po' lí con questi tedeschi!» L'ombra frastagliata delle foglie trema sulla ghiaia e le lucertole guizzano improvvise sul muro «senti senti come è bella questa di Trenet, la mer...» Rosetta ha riccioli biondi e si appoggia al davanzale con la medaglietta che oscilla sul petto abbondante, a ottobre scapperà col macellaio ma adesso ancora nessuno sa nulla e intenerita dalla musica lei si abbandona al tepore del davanzale. Giovanni è tornato sotto il noce, legge e fuma con la cenere lunga che cade sulle pagine; passa la madre e lo rimprovera per la sigaretta che gli fa venire la tosse. «Ma se non tossisco mai...» Michele ha finito di studiare e sbatte gli occhi nel sole stirando il suo grande corpo. Va a giocare a ping-pong dai Salesiani e dal fondo del viale chiama il fratello, la sua camicia bianca splende nel folto delle dalie. Giovanni fa finta di non sentire. Chiama ancora Michele e la voce incrina l'aria: «giocare a ping-pong!» Ping-pong! Le due sillabe come rintocchi, l'ape si tuffa nel calice rosso tra le siepi dei peri nani; dure le foglie, dure le pere. Giovanni non risponde. «E va a farti fottere!...» Michele scende con grovigli di passi sulla ghiaia, macchie celesti di verderame sui pilastri della pergola. Anche le sorelle hanno smesso di ballare e ora parlottano sul divano soffiando via la polvere dai dischi, la cuoca torna dall'orto con il grembiule pieno di pomodori e le ciabatte sbattono sulle mattonelle. Qualcuno ha aperto il rubinetto in camera e si sente l'acqua gorgogliare giú per il tubo esterno.

Il pomeriggio Giovanni è andato a giocare a pallone dai Salesiani e poi ha bevuto birra gelata parlando di donne in barba ai preti che avrebbero voluto un bel coro di montagna.

Passa e ripassa davanti a casa sua, ha finito quasi per inciampare nella Piera ferma davanti alla porta con un gattino in braccio. «Ciao... – gli ha sorriso, – ma dove vai sempre cosí di fretta?» Giovanni si è fermato e ha cercato di dire qualcosa: com'è caldo, e poi non è vero che lui va di fretta. Lei portava i capelli lunghi nel collo e faceva tante smorfie al gatto solleticandolo sotto la gola. «Quando ti sposi?» le ha chiesto, ma lei ancora non lo sa allora gli è venuto in mente l'organista di quando il padre era bambino: fidanzato per venticinque anni e poi, dopo un mese di matrimonio, via per sempre senza far sapere piú nulla. Piera si è messa a ridere «ma sono mica fessa io, aspettare un uomo venticinque anni...» stava contro la porticina ricavata nel grande portale di assi scolorite e dietro di lei c'era un grande schiamazzo di oche. «Le oche sono la fissazione della nonna, – ha detto, – invece sono cattive e mordono». Lo ha guardato al di sopra del gatto: i capelli si aprono intorno al contorno del viso e si infilano neri nella maglietta slabbrata, il mento a sfiorare il pelo della bestiola accucciata nel braccio caldo. «Ne vuoi uno, – ha chiesto, – la gatta ne ha fatti sei...» Oltre il cane e le oche lei è sola in casa. Se ne è andato rosso di vergogna come se avesse tentato di commettere un incesto e nella fretta ha preso la stradina lungo il rigagnolo, giú tra barattoli e scarpe vecchie facendo scappare via le galline. Dopo sempre piú lento tra i moscerini a palla sull'acqua fetida, finché non è tornato indietro, quasi correndo. Ma la porta era chiusa, si sentivano solo le oche gloglottare al di là delle assi.

In piazza ha incontrato il fidanzato che andava a trovarla con una cartella fermata alla canna della bicicletta; chissà se Piera è ancora sola in casa e stringe al petto quel piccolo gatto che miagola con gli occhi chiusi.

Nel documentario grigio, impastato pare di cenere, occhi immensi in teschi ricoperti di pelle fissano il vuoto dal fondo delle baracche. Casacche a righe ricoprono i corpi scarni, discinte quasi fossero vuote. Dai buchi neri dei forni crematori escono calcinate e rattrappite le forme dei morti. Il cinema è semideserto, militari che credevano di vedere un film di guerra rigirano la bustina fra le mani. Tra le lunghe file di sedie una anziana donna siede immobile. La pellicola gratta nella macchina scadente e una voce monotona fa il conto dei morti, tutto consumato dentro quei forni. Nell'intervallo passa un ragazzo con sacchetti di bruscolini e monete spicce gli suonano nelle tasche del grembiule. Neanche un gelato per scollarsi la bocca asciugata, riarsa.

Per le vie di Casale passano ragazze in bicicletta con una mano sulla coscia a fermare la gonna e sotto le volte dei portici pendono file di sugheri infilati in uno spago. Un amico aspetta Giovanni seduto al caffè – lui certi film non va a vederli neanche morto – già il cinema l'estate gli piace poco, con quel caldo che ci fa. Invece era fresco, ogni tanto una porta sbatteva per la corrente. Giovanni lo vede da lontano: il ragazzo ha alzato una mano per farsi notare e spalanca la bocca in uno sbadiglio, Giovanni vorrebbe sparire nell'ombra dei portici. L'Orfeo sta bevendo l'ultimo sorso di birra e certo aspetta qualche macabro particolare capace di dargli un brivido, lí seduto al caffè Italia. Cammina piano Giovanni sul selciato disuguale tra lo scampanellio delle biciclette, c'è qualche nuvola su per le colline e lui le guarda riflettersi nella vetrina dove i ferri da calza sono infilzati come raggi nel gomitolo di lana. Ma già l'Orfeo si è alzato e chiama il cameriere picchiando col cucchiaino contro il bicchiere sporco di schiuma.

C'è la ragazza ebrea di vent'anni che va a morire dietro il fienile dove i tedeschi sparano a intervalli regolari, si volta e dice a uno che sta lí a guardare: ho vent'anni, io. E adesso Giovanni quando incontra Piera pensa che anche lei forse ha vent'anni. Dietro la rete metallica che circonda il cortile Piera gli sorride, ha le pianelle macchiate di varecchina e gli offre dei fichi. Giovanni entra anche se i fichi non gli piacciono. Forse potrebbe aiutarla a raccoglierli invece sta lí a guardare mentre lei si alza in punta di piedi, e la pianta del piede è dura, scura di terra, e quando lei leva il braccio la maglietta si solleva lasciando vedere la sottoveste. Allora le chiede se ha vent'anni. «Io, vent'anni, ma ti sembro tanto vecchia?» I fichi lei li morde interi, con tutta la buccia, come se non masticasse ma inghiottisse lentamente nello splendore immobile dello sguardo «prendi, prendi ancora...» I fichi sono molli e tiepidi, colano gocce vischiose di miele. Intorno conigli timorosi pezzati di bianco. Non le è mai stato cosí vicino. Mai, mai.

Anche l'Orfeo va al casino, è stato in seminario ma adesso va al casino lo stesso, e gli chiede sempre di accompagnarlo. Ogni scusa è buona, fa caldo, è fetente; allora l'ex seminarista crede che lui sia abituato a case favolose e gli chiede «a Roma, a Roma com'è? Certo io a Roma ci devo venire». E mentre Giovanni sale su per il viale tra le settembrine che divampano intorno alla bicicletta, una rabbia umiliante gli toglie il fiato. Perché non ha avuto il coraggio di dire che lui mai, neanche una volta. Si odia per questo silenzio complice, sale su per il viale e come un disco inceppato allo stesso punto gli martellano in testa le frasi allusive prese a prestito. Neanche con Michele chiacchiera piú di donne, è diventato riservato Michele, la sua esperienza è bagaglio personale; le cose si fanno o non si fanno, le parole non servono a niente. Che nausea mentre sale in bicicletta in quel pomeriggio afoso, lo stomaco pesante di fichi; lui sa che ha bisogno di una ragazza che dolcemente lo conduca al congiungimento dei corpi. E poi c'è Speranza che bacia il ragazzo nella segheria, Speranza che neanche ha sentito aprirsi la porta, neanche si è accorta del fiotto violento di luce, tra le braccia di uno qualsiasi.

Speranza gioca a carte nell'ombra del noce, passa Giovanni e lei solleva su di lui uno sguardo tranquillo. Non sa e forse non saprà mai quanta parte della sua storia si è perduta, in un istante.

Quel ragazzo Speranza l'aveva conosciuto una sera all'albergo quando lui era venuto a cercare sua cugina; aveva una giacca a vento americana e sotto la pioggia sfotteva dai vetri tutte le ragazze sedute a tavola a mangiare crauti. Con lui erano andati al Piz Boè e quando la sera nel rifugio avevano cominciato a cantare il ragazzo si era seduto solo in un angolo a giocare con gli stecchini «Speranza vieni qui, prova se sei capace...» Gli si era infilata accanto sulla panca e aveva sentito le gambe molli, come una debolezza improvvisa. Le mani che spostavano gli stecchini avevano tremato sul legno grezzo del tavolo. «Ma cosí non ci puoi vedere...» il ragazzo le aveva tolto i capelli dal viso facendoglieli passare dietro le orecchie «adesso va meglio, dài, prova». Il gioco degli stecchini era stupidamente facile. Il giorno dopo era scoppiato un temporale e il ragazzo le aveva prestato la sua giacca a vento «ti sta benissimo» le aveva detto. Lo schianto dei tuoni aveva sopraffatto la sua voce e tra i capelli scuri d'acqua era rimasto, a conforto, il suo sorriso. Un sorriso diverso, non piú sfottente. L'aveva presa per mano perché non avesse paura e correvano sotto la pioggia mentre i sacchi rimbalzavano contro la schiena. Poi era tornato il sole e si erano lasciati scivolare a sedere sui prati, gli scarponi ammollati da tutta l'acqua che c'era dentro. Tanto piú bagnati di cosí non potevano essere.

Questo il ragazzo che aveva raggiunto nella segheria. Anche lui a Roma aveva una ragazza «molte curve sí, ma tutte a posto loro...» Aveva visto la fotografia che passava da una mano all'altra. «Si chiama Anna». Anna in Piazza San Pietro reggeva una giacchetta sul braccio.

Quando a Ortisei Speranza si era sentita male il ragazzo era salito insieme a lei sul trenino per riportarla in albergo e seduto di fronte le aveva strofinato le mani gelate. Tra gli scossoni e il fumo Speranza sentiva la testa confusa come se le ossa del cranio si fossero scollate fra loro. Il trenino lanciava scintille rosse nel buio e lei era contenta lo stesso anche se era malata, per tenerla allegra il ragazzo le aveva raccontato certi scherzi che facevano a rugby. Ancora sotto al piumino aveva continuato a battere i denti, gli occhi gonfi come due sacchetti, se il termometro sale ancora scoppia, Dio, morirò mica qui, in questa stanza di albergo con il rubinetto che goccia. Nodi salivano su per la parete di legno come ragni in processione; il ragazzo era venuto a trovarla e le dava da bere in punta di piedi, strizzava pezze fresche nel lavandino e dalla tasca tirava fuori una tavoletta di cioccolato «te la scarto io, – diceva, – sta' tranquilla». Una bocca densa che neanche riusciva a inghiottire. Il ragazzo si sedeva e raccontava barzellette, a lei veniva da ridere nonostante il mal di testa e la febbre.

Ma Giovanni non sa e non deve sapere mentre passa e loro giocano a carte. Arriva la postina e la sua voce penetra stridula dal fondo denso delle settembrine, Speranza si precipita con il cuore in gola. Anche Giovanni si affaccia, non si sa da chi aspetti posta ma lui vigila dall'alto e se c'è qualcosa che lo riguarda l'afferra con la rapidità di un avvoltoio.

Ma è arrivata solo una lettera di Michele dall'Inghilterra e la mamma l'ha portata a tavola perché tutti ne possano godere, Adone incluso. I ragazzi ascoltano distratti, molto piú importanti le patate fritte. E poi è sempre la stessa storia, Michele che si lamenta di avere pochi soldi, che deve andare in pensioni dove c'è puzza di grasso rancido e le cameriere buttano con sgarbo i piatti sul tavolo. A Londra ha chiesto la colazione e gli hanno portato un asciugamano, lui parla solo tedesco, il padre doveva immaginarselo che il futuro era dei popoli anglosassoni, ogni giorno rischia di digiunare perché gli inglesi sono refrattari all'arte mimica. Ride la mamma anche se profondamente offesa dall'insensibilità inglese «sembra che la guerra l'abbiano persa loro con tutta questa storia dei tesseramenti e dell'austerity!» «Pare invece che in Germania ci sia già una prodigiosa ripresa, – dice il padre, – grande uomo Adenauer». Adone si ferma con il piatto in mano, ha udito il suo nome. Deve essere un po' duro di orecchi, bisogna fare attenzione quando guida. Per questo forse il padre gli siede sempre accanto e dice: attenzione un camion, attenzione un ciclista, un carro di buoi, suonano dietro, unendo insieme i sensi di questo Adone che non conosce Adenauer e immagina il suo nome pronunciato con tanta lode. Ma Adenauer è riuscito a fare un mucchietto dei peccati commessi dai suoi connazionali, Giovanni non osa dirlo al padre che tanto stima il vecchio che si comunica ogni mattina. Ma allora tutti i morti, le torture, i bambini che disegnavano alberi e pane, il venerando statista se li nasconde sotto la camicia, in quello stomaco dove scende l'ostia.

Adone ha finalmente capito che non parlano di lui e porge il piatto dei peperoni, la mamma piega la lettera e perché non abbia a ungersi la copre con il portatovagliolo ricamato di un gatto marrone. Come lontano Michele, forse magro e affamato in qualche via piovigginosa. «Invece certamente dentro una macchina con una ragazza inglese». «Ma stai zitto, dici solo sciocchezze». «Ancora peperoni, me ne è capitato uno che pizzica». «Prendi quelli gialli, sono dolcissimi». «State attenti perché i peperoni sono molto pesanti». Neanche Arturo ha scritto, le sue lettere le riconoscono tutti e gridano: una lettera del Valvasso, una lettera del Valvasso! Facendo arrabbiare il padre che detesta i soprannomi. Arturo studia in campagna, ma la sua campagna è diversa, con gli ulivi che arrivano al mare. Arturo fa ancora i bagni e pesca conchiglie con un coltello come i pescatori di perle. Tutti si aspettano che venga a trovarli.

Invece una mattina arriva il ragazzo un po' sboccato che ha il pallino del rugby. Arriva con una millecento anteguerra che scoppia e si ferma a metà del viale perché è troppa salita. Scende dalla macchina e Speranza è di fronte a lui, incredula contro un susino, il lavoro a maglia in mano. Si ferma a mezza via il ragazzo, non sa che dire e poi «mamma mia che caldo, credevo di trovare piú fresco...» Le mani sono sporche, la maglietta è salita su fin quasi allo stomaco per via della posizione a guidare «è da stamattina alle sei che sono in macchina...» Per fortuna arriva Maddalena a scollare Speranza da quel susino e tutte due intorno lo accompagnano, oscilla il lavoro a maglia e i ferri sprizzano sole. Il ragazzo si è lasciato cadere nella poltrona di vimini, doveva andare a Torino cosí ha pensato di passare di lí, vedere un po' questo Monferrato. «Sono morto di sete» dice. «Scusa, che stupida, adesso ti porto un bicchiere d'acqua» ha detto Speranza. «No, acqua, vino, non sono paesi di vino questi?» sorride e vorrebbe prenderle le mani. «Adesso ti porto il vino». Torna con un bicchiere e il ragazzo è salito sull'altalena. «Speriamo che la tavoletta regga, – ha detto Speranza, – è un po' malandata». «Ho lasciato Anna». Il respiro le si è fermato. «Hai capito?», ha messo un piede in terra per venirle piú vicino: ha occhi castani e un sorriso dolce e spiritoso, potrebbero avere bei figli con occhi sinceri. Con un dito Speranza ha tolto una bestiolina dal palo dell'altalena, la ruggine le ha sgraffiato il polpastrello. «È vero, sai, l'ho lasciata».

La mamma brontola nella penombra dell'ingresso

«chi è questo adesso, dove siete andate a pescarlo?» «È quel ragazzo che era con noi in montagna, che ha prestato il termometro a Speranza quando è stata male e tu non c'eri...» «Ho capito, ma non è possibile invitarlo a pranzo, la carne non basta». «Dài mamma, non la mangio io, non me ne importa niente» dice Maddalena, Speranza segue con il piede il disegno geometrico della mattonella, lei non parla e guarda la sorella riflessa nello specchio. «Ho detto che non è possibile, fateglielo capire in qualche modo, e poi non ci si presenta in casa della gente senza neanche avvertire!» «Avanti, quante storie, è venuto fin qua apposta per noi...» Intanto il ragazzo rimasto fuori sull'altalena si chiede cosa sarà mai tutto questo confabulare e dondola piano, spaventato dal cigolio sinistro degli anelli.

Arriva il padre e vede il ragazzo sdraiato sulla poltrona a bere vino a mezzogiorno, e fa un sorrisino. «È sua quella macchina in mezzo al viale?» «Sí, mi scusi, ma non sono riuscito a farla ripartire...» si è alzato con le mani sui braccioli pronto a ripiombare giú «se è necessario vado a spostarla». «No, no, non importa». Le ragazze vengono con altro vino per il ragazzo che ha mangiato polvere dalla mattina alle sei, per te Speranza ho mangiato polvere, due volte sono rimasto fermo con la macchina e dài a spingerla su per queste colline, ride Speranza e lo schizza con la pompa dell'acqua per rinfrescarlo. «Morivo dalla voglia di vederti, non potevo piú aspettare».

Al padre nel suo studio quelle risate non promettono nulla di buono. «Ragazze venite un po' qua a mettere una firma per il Carlino che domani è la sua festa». Il ragazzo è di nuovo solo sotto il noce con macchie rotonde d'acqua sulla maglietta. «Chi è? – chiede il padre, – chi l'ha invitato?» «È quel ragazzo che era in montagna con noi, che ha prestato il termometro a Speranza quando è stata male, e la mamma era via... passava di qua andando a Torino, o tornando, non ho capito bene». «Poteva avvertire». «Voleva fare una sorpresa». «E perché?» «E che ne so». Come sono noiosi questi genitori, formalisti, firmiamo un po' al Carlino, «dài, dammi questa penna, e poi ancora a chi?» «Alla zia Nilde». «Quella è tanto rimbambita che neanche la sa leggere». «Un po' di rispetto per i vecchi, che diamine!»

Il ragazzo si è alzato e passeggia per il giardino, guarda tra le inferriate nelle stanze buie, contro la parete scolorita riposano le mosche e lui immagina cucine con girarrosto, polli grassi infilati nello spiedo «è cosí Speranza?» «Neanche per sogno, c'è solo la carne ai ferri e prendine anche poca altrimenti non basta». Gli occhi splendono lunghi e felici, lei ride spezzando le foglie del noce «senti che buon odore, aspro. Invece di frutta prendine tanta perché è del giardino e fai contento papà, solo che di solito o è acerba o è marcia». «Un bel quadro di questo pranzo». Tira la ghiaia nel tombino e i sassolini rimbalzano facendo fuggire le lucertole. Speranza l'ha accompagnato su per le scale fino al bagno, il ragazzo ha guardato gli spazzolini da denti «qual è il tuo?» «Questo...» Si sono sorrisi nello specchio. «Via, che facciamo una bella coppia», il ragazzo le ha passato un braccio intorno alle spalle per avvicinarla di piú: la sua una bocca sottile, asciutta, quasi ironica. Dopo si è dato una lavata e quando ha finito a torso nudo ha chiesto un asciugamano. Mio Dio che maleducato, tutti le mie figlie li trovano i villani, mica crederà di stare a casa sua «Stia attento all'acqua, – ha detto la madre, – purtroppo ne abbiamo poca». Non è vero, è due anni che non manca piú.

Giovanni ha subito riconosciuto la macchina ferma a metà del viale con due dita di polvere e osserva Speranza ridere ai racconti del ragazzo sulla millecento che in salita scoppia come una mitragliatrice e deve aver fatto anche la guerra di Libia. Allora Giovanni parla di Arturo, scrive fino a tre lettere la settimana dice, e poi lettere pesanti, lui non ha mai capito come si possa scrivere tanto, ma forse quando si ama il discorso cambia. Non si turba il ragazzo e dice che sí, quando si ama, tutto cambia, e con le mani fa palline di mollica. Mangia di buon appetito e gli piace la volta dipinta, il sapore aspro del vino, le persiane socchiuse su spicchi dorati di giardino, il ritratto della signora che suona il piano. «L'ha dipinto una zia di papà, ne ha fatti dieci, tutti uguali, uno per ciascun nipote». «Ho preso troppo?» Le ragazze ridono «Sí, forse, adesso non basta in cucina». Che villano questo ragazzo, e ci ridono pure, un tempo gli ospiti arrivavano portando pacchetti di marrons glacés e sedevano nel salottino cinese incrociando i piedi, la mano destra posata sul ginocchio sinistro, il cappello si metteva sotto la seggiola. Questo pesca nella frutta e dice «ammazzalo quanto è dura, una pera che sarebbe andata bene per il ragazzo di Portoria...» Il padre chiede che fa, cosa studia, il ragazzo fa lettere perché vuole diventare giornalista. «Una carriera difficile, – dice il padre, – difficile emergere». Lui ha già scritto un paio di articoli, risponde, un'inchiesta sull'avanspettacolo, e poi adora il rugby. Il padre il rugby proprio non sa cosa sia ma per dovere di ospitalità chiede com'è questo gioco. Il ragazzo vorrebbe alzarsi per mostrare cosa significa placcare ma il padre lo ferma in tempo mentre Adone avanza con le vaschette di ottone piene d'acqua per lavarsi le dita.

Fuori le vespe girano frenetiche intorno alle settembrine e l'aria è calda, immota; dopo la penombra della sala da pranzo la luce imbeve ogni cosa, volti e gesti. «Vuoi riposare?» «Io?... No!» Adesso non c'è solo Maddalena ma anche Giovanni che non ha capito che gli sta antipatico e fuma allungato sulla sdraia parlandogli di calcio, quando a lui l'unico sport che lo interessa, l'ha già detto, è il rugby. Una tiepida sonnolenza invade i pensieri «all'anima quant'era buono quel vino!» «Lo vuoi il caffè?» «Lo voglio, lo voglio...» Il gatto sulla porta di casa è afflosciato sullo stuoino di cocco; il ragazzo va a sdraiarsi sull'erba, sopra la testa il cielo si sbianca tra le foglie spesse della magnolia «Quando fiorisce?» «Non lo so, quando ci siamo noi, mai». Speranza stenditi accanto a me, o almeno seduta vicino che io possa contemplare il tuo viso pensare ai baci che ci daremo ancora con questo tuo sguardo felice. Speranza invece sulla seggiola conta le maglie del golf, ma la bocca sorride, forse sbronza un po' anche lei per tutto quel vino.

La madre ha chiuso le imposte ed è sprofondata nell'alto letto di mogano dove il padre fu concepito in un lontanissimo settembre, quando ancora non c'era l'elettricità e la veilleuse di porcellana rischiarava la notte. A tratti parole e risate invadono i suoi sogni dove bambine con i fazzoletti in testa dondolano panierini colorati foderati di foglie d'uva. Mosche ronzano in tondo nella lama di sole che fende accecante il dagherrotipo della nonna: la giovinetta oppressa da una corona di trecce poggia il braccio alla spalliera della poltrona trapunta, mani piccole color polvere come il suo viso dove lo sguardo è una pietra dura sepolta nel tempo. Anche lei da ragazza spiava dalle imposte il bel cavaliere su un baio dalla lunga coda. Picchiavano nell'assolato silenzio della siesta gli zoccoli sui selci di Serravalle e nella penombra quelle dita scostavano appena l'imposta allargando uno spiraglio sul suo sorriso.

Invece aiutata da Giovanni e Maddalena, Speranza spinge la millecento che alla fine riesce a mettersi in moto, ma una volta partita non è prudente fermarla e il ragazzo saluta sporgendo la testa «la settimana prossima ritorno e questa volta faccio un telegramma cosí mi preparate un bel dolce». La macchina scoppia e si impunta nella curva, poi si dissolve in una nuvola di polvere bianca. Come farà quello ad arrivare a Torino, stasera lo vediamo tornare a piedi.

La macchina ha girato sulla provinciale lasciando due solchi nel viale e le ragazze tornano verso casa a mangiare pane e burro. Giovanni inforca la bicicletta e va a giocare a ping-pong dai Salesiani.

Speranza è salita in cima alla collina per guardare giú nella valle, l'ultima luce scivola sui campi arati di fresco, sfumati come pelli di castoro, e oltre il cimitero i filari d'uva scendono lungo il declivio carichi di grappoli neri. Dalla torre di San Salvatore Napoleone faceva i segnali alle sue truppe che calavano con la baionetta innestata contro i parrucconi del Re. Qualche macchina ronza in salita con i fari già accesi su per le curve, un cielo sfinito di caldo, appena segnato di orli azzurrastri, pallidi granoturchi pronti ad essere mietuti. Il ragazzo già lontano, oltre il fiume e i boschi di pioppi, giú tra le risaie dove sciami di biciclette invadono la carreggiata.

Il crepuscolo si allunga polveroso dai finestroni del seminario e la veste nera mangiata dal sole muove le penne lucide d'uso, batte le mani il diacono per radunare i ragazzi e portarli in Cappella. Cade la racchetta sul tavolo, cade l'ultimo «urca», il buio ancora non buio prevarica sui robusti contadinotti dalle giacche strette e rammendate che si incolonnano strusciando le scarpe (loro con i preti ci stanno finché studiano, ma dopo, fuori) e lo sguardo improvvisamente svuotato si perde sui muri macchiati d'umido. «Vieni domani?» chiedono a Giovanni. Il diacono rizza la cresta nera rinvigorito dal sentore di incenso e di cera, su e giú a controllare la fila. «Me la dài una sigaretta?» Nel silenzio resta la puzza di piedi, di biancheria sporca e di cibi non digeriti; si accende la luce fioca nel corridoio e il vice direttore saluta Giovanni dalla porta aperta del suo parlatorio di povere seggiole chiare «Tanti ossequi all'ingegnere».

Una volta l'anno loro dicono una Messa solenne in commemorazione dei defunti della famiglia benefattrice, in tre indossano paramenti neri e oro e fra quattro ceri ereggono un finto feretro, i seminaristi allineati nei banchi cantano con bocche rotonde nelle teste rasate.

Giovanni si ferma in piazza a fare due chiacchiere; i camion che abbordano la curva sfiorano quasi le ragazze a passeggio sottobraccio. Bambini giocano a rincorrersi fra i platani e lo scopino annaffia l'aiuola intorno al monumento ai caduti della prima guerra mondiale. Giovanni sale pedalando in piedi e le donne sulle porte delle case lo guardano passare bello e spettinato sulla bicicletta di alluminio, una Wolsit. Si accendono i lampioni e Giovanni si ricorda della storia di quando il padre era bambino che se c'era la luna il lampionaio risparmiava gas e fatica. E alla nonna che tornava dalla benedizione e chiedeva «Beh, Pipen, non accendi stasera?» lui rispondeva allargando le braccia impotente contro la fatalità «Iiè la llunna...»

È arrivato il telegramma del ragazzo del rugby, questa volta vedi ha avvertito, cosí prepariamo un bel pranzo. Troppo tardi troppo tardi il giovane si è ricordato delle buone maniere, e poi nessuno l'ha invitato a ritornare. Non piace al padre l'aspirante giornalista con la macchina che si ferma in salita, qualcosa non quadrava quel giorno, una risata diversa nel fondo della gola, occhi nocciola fragili a ogni sollecitazione fra ovali foglie di noce. Questo ragazzo emana odore scadente, bohémienne, meglio tagliare netto, subito. «Faremo un telegramma a nostra volta, diremo che stiamo per partire».

«Non si può, non è possibile!» Ha gridato cosí forte che anche Maddalena è rimasta senza parole. «Non si può, non si può!» il telegramma le è sfuggito di mano «No...!» il suo vestito è rosso, i capelli corti e ondulati, le dita macchiate dalle noci. Non si può... Mattonelle si incrociano bianche e nere, il foglietto giallo del telegramma ne spezza il disegno. «Ragiona un momento, Speranza...» Il gatto inarca la schiena tigrata e struscia contro il battente della porta, i calabroni stridono tra la Salvia Splendens. Ragiona, Speranza, ragiona... L'altalena dondola nel gracidio degli anelli, Dio che bella giornata... Nelle pere stese sul davanzale le vespe scavano caverne. No...! È pallida e il cuore batte violentemente. Adone in piedi su una seggiola a pulire i vetri si ferma con la palla di giornale in mano, che succede Speranza?

Appoggiata al banco ha ascoltato l'impiegato postale parlare del calo dei prezzi delle moggia in collina. Poi l'impiegato si è seduto al tavolo e ha fatto il conto delle parole, a voce alta ha detto «Centottantacinque» e il padre ha tirato fuori i soldi dal taschino del gilet, l'impiegato li ha contati e ha sorriso a dimostrazione dell'esattezza della somma. Il padre ha raccolto il bastone e l'impiegato si è alzato in piedi e ha salutato sporgendo la testa dallo sportello. Il padre scostando la tenda sulla porta ha detto «Vieni Speranza, andiamo».

Sono saliti dalla camiciaia che abita vicino alla Chiesa e lungo la strada il padre le ha raccontato di quando nel palazzo dove ora è la Posta abitava la famiglia Bocca. Mentre parla le stringe forte la mano e macchinalmente gliela accarezza, lo fa molto spesso quando escono insieme, un'abitudine presa nell'infanzia. «E poi?...» Ma già il padre solleva la tenda che oscura la stanza e dal fondo remoto di odori di cucina la camiciaia avanza cinta del centimetro giallo. Una striscia di sole si agita sotto la tenda smossa.

Il telegramma partito, il ragazzo con la millecento anteguerra farà l'Aurelia fino a Roma fermandosi da qualche parte e poi forse si riconcilierà con la sua Anna «con molte curve sí, ma tutte a posto loro». Anna in Piazza San Pietro con una giacchetta sul braccio.

Sono saliti alla vecchia cascina dove sotto un ciliegio studiava il padre l'estate. Il ciliegio c'è ancora e le cicale si confondono nella corteccia rugosa. Giovanni ha visto una lepre e salta tra i filari squassando i tralci, giú fino in fondo al canneto. «Ma è matto quello là, ma dove l'ha vista la lepre...», al fittavolo la pancia esce dai pantaloni in una camicia rattoppata da pezze diverse; gente avara questi fittavoli con la stalla piena di mucche che gemono nel buio acido di letame, loro ammucchiano biglietti da mille sotto i giacigli di granturco per andare un giorno a vivere in paese con la luce elettrica. Guardano con sofferta indulgenza i padroni staccare i grappoli piú belli, farli rotolare in terra, pestarli. Non ci mancava che quello là con la lepre per fare danno.

Il moscato è nascosto, chiuso tra le foglie rossastre. Giovanni ha rotto una canna e fende l'aria, dove la terra è arata il piede scivola dentro le zolle, «Non vi fregate tutto il moscato...» Neanche lo sentono sedute a gambe larghe e credono che parli della lepre, Vera ha gocce di sudore all'attaccatura dei capelli crespi di permanente, l'affanno per la salita: dall'alto la terra si divide in rettangoli chiari, scuri, verdi. Grappoli grossi pesanti nella mano, dolci da dare la nausea. «Dài, digli di piantarla... Giovanni!» I grilli saltano fra le gambe e le forbici cadono dalle mani. La contadina ha tirato fuori la bottiglia di malvasia e lo versa nei bicchieri spessi e appannati, le ragazze siedono appollaiate in cerchio sulle sedie nella stanza spoglia dove in un angolo è ammucchiata la semenza del grano. La donna le incita a bere versando il vino torbido denso da dare alla testa, il marito di nuovo fuori per i campi, ancora lavoro e lavoro. Non ha piú denti la vecchia, un figlio morto per una gamba in cancrena, ma alla fine siederà sulla porta di una casa comprata a prezzo di tanti sacrifici; una lampadina a torcia davanti al ritratto del figlio morto per una ferita di falce fasciata con uno straccio. Fino alla fine diceva che non era niente, non c'era bisogno di dottori e ospedali, buoni solo a mangiarsi i biglietti da mille. Piange la donna e mostra la fotografia del figlio quando era soldato, in Albania e in Grecia a combattere con le scarpe di cartone in mezzo alla neve. Poi morire cosí, a fare l'erba per i conigli... Piange la donna e parla fitto dialetto, neanche la Vera capisce, una formica nel suo mucchietto di grano; le ragazze bevono vino con occhi sgranati e i piedi si incrociano stanchi sotto la seggiola.

Abbaia il cane dietro alle ragazze che tornano a casa. Pazzo slancio voglia sete giú per la strada dove i sassi scuotono la bicicletta e le galline fuggono schiamazzando con le ali aperte. È il vino o l'uva o l'uva e il vino, la polvere si alza in una nuvola e i canali che separano i campi splendono di una luce già notturna. Le gonne svolazzano e la testa divampa di capelli. A braccia spalancate su un prato, l'erba umida contro la guancia, «Prova, che fresco...» «Dài, che fate? Ragazze, che roba quella donna, i figli nessuno li vuole sposare perché c'è troppo lavoro con loro». «Forza andiamo, che è tardi, la mia mamma se non mi vede mica resta a casa, prende la seggiola e va sull'angolo ad aspettare». «Un momento, io sono stanca, non ce la faccio piú...» Quanto cielo sopra la mia testa, Dio dove sarà adesso, niente, neanche piú una cartolina, offeso a morte per sempre, dove, dove con Anna che in un giorno di sole reggeva una giacchetta sul braccio a Piazza San Pietro... Le mani sollevate dal manubrio spalancate a prendere il vento, aria azzurra sbatte fra le gambe.

L'acqua calda versa vapore su tanto slancio, le patate scotte si disfano nella teglia e bolle bianche scoppiano nel tegamino dell'uovo, il gatto salta giú dalla poltrona. «Avete visto il nuovo pozzo?» «No, dov'era?» «Ci siamo quasi sbronzate». «Ma come, non avete visto il pozzo, a destra, entrando». «Neanche io». «Possibile che non vediate mai niente, neanche la donna ne ha parlato?» «Ha pianto sempre, parlava del figlio».

La notte rotola come un sasso, nera nel giardino dove farfalloni con le antenne sfrangiate si posano sull'edera vicino al garage. Se adesso nel buio Speranza parlasse, potrebbe raccontare della prima gita insieme, quando al ritorno si era scatenato il temporale e il ragazzo la teneva per mano. Con un fazzoletto appallottolato forse neanche pulito le aveva asciugato il viso bagnato di pioggia, «sei una stupida ad aver paura, – aveva detto, – questo è l'unico posto dove siamo al sicuro». In mezzo al prato tra i tuoni che scoppiavano nelle orecchie. Una spiegazione scientifica sulle folgori attratte dalle rocce bagnate, ma gli occhi le sorridevano indulgenti. La pelliccia intorno al cappuccio della giacca a vento era fradicia e l'acqua le colava sul viso. Giocando a mimica sempre mi prendeva le mani. Quella volta Maddalena, quando sono tornata indietro per prendermi un fazzoletto e poi non vi ho piú raggiunto, è stato perché l'ho incontrato. La sera, quando vi ho visto tornare con i golf allacciati in vita e mazzi di fiori già appassiti tra le braccia, avevo solo voglia di ridere mentre voi spingevate furenti la porta a vetri. Niente poteva toccarmi. Tutto il pomeriggio insieme. Un uomo pescava nel torrente e il ragazzo si era messo a chiacchierare, io lo guardavo: mi piaceva il suo modo di parlare, di ridere. Al ritorno era buio e abbiamo fatto autostop, ci hanno presi per due fidanzati e il ragazzo diceva che stavamo per sposarci e cercavamo una casa in montagna perché lui commerciava in legnami, io ridevo con una mano sulla bocca mentre i fari battevano sul brecciolino della strada. A mimica sempre mi prendeva le mani. Il pescatore al torrente ci aveva chiesto se eravamo fratelli, «no, per fortuna, altrimenti rischieremmo l'incesto». Io ero contenta di assomigliargli. A mimica sempre mi prendeva le mani, una volta mi afferrò la destra e se la poggiò sul petto stringendola forte: voleva significare amore eterno.

L'ortica

Quando quell'inverno Maddalena partí per andare a sciare la storia con Antonio era finita, o definitivamente chiusa come diceva il padre; se storia c'era stata o solo una cavalcata in groppa a un bianco cavallo di cartapesta.

La notte di Capodanno mentre andava alla festa di Isabella portando un piatto di insalata russa la realtà ancora le sfuggiva e vaghe speranze si intrecciavano nella sera, buon anno, buon anno. Tutto il pomeriggio in cucina a tagliare a dadini le patate tra i fratelli e gli amici che entravano, uscivano, giravano la mayonnaise, guardavano le macchie violacee delle barbabietole sul tavolo «Dio che schifo, pare sangue!» Si sedevano accanto e davano consigli, ma già era ora di vestirsi. Antonio non era venuto.

Quando erano uscite il padre quasi non aveva voluto salutarle per via del pic-nic che a lui richiamava in mente le operaie nelle mattine nebbiose di una Torino ai primi del novecento, costrette a portarsi il pacchettino del pranzo. «Bel modo di invitare la gente facendogli portare da mangiare!» Ridendo avevano sbattuto la porta; per strada bambini vendevano le castagnole e nelle vetrine pendevano grappoli di polli appesi per il collo, loro andavano attente a evitare le grate dei tombini che incastrano i tacchi alti. Stelle pungevano con freddo e non esisteva festa piú bella di quella, neanche Natale aveva tanto sapore come l'ultimo giorno del 1949 con una bottiglia di champagne in mano. «Si chiama Veuve Clicquot e costa un sacco di soldi». Camminavano svelte facendo tremolare gli orecchini lungo le guance colorite dalla tramontana. Nella borsetta cipria e rossetto per ritoccarsi appena arrivate, chiuse in bagno con qualcuna che faceva pipí tenendo alto il vestito di *faille*.

Ma quella notte non aveva portato sogni per Maddalena; era entrata nel letto senza neanche lavarsi il viso. Bisognava strappare le corde e liberarsi dal dolore perché la cosa piú importante era non soffrire, non soffrire cosí come durante quella notte mentre si accendevano le girandole, «vieni, vieni sotto il vischio cosí ci baciamo» diceva qualcuno poggiandole mani umide sulle spalle. Il grammofono suonava il valzer di mezzanotte e nella penombra Antonio la guardava. «Buon Anno» gli aveva detto alzando il bicchiere. Ma Antonio ha bevuto troppo e con una qualsiasi ragazza francese balla un disco dopo l'altro. «È sbronzo, – ha detto Giovanni, – e stanotte la passa a vomitare». Giovanni ha rotto un bicchiere e il cognac ha formato una bolla come una lente sul tappeto, Isabella ha protestato «è un tappeto antico, – ha detto, – mio nonno l'ha portato dalla Cina». Ora quel cognac macchierà per sempre la lana consumata a ricordo di un Capodanno con una ragazza francese in Italia a studiare canto. Giovanni guarda i frammenti di vetro che Isabella raccoglie china per terra, come una campana la gonna rossa. «Aiutami invece di stare lí impalato». Ma Giovanni poggia le mani sulla spalliera della poltrona e i frammenti di vetro splendono nel cavo della mano di Isabella. Antonio se ne va sbattendo la porta.

Aveva pianto Maddalena chiusa in bagno e nello

specchio aveva scoperto forme nuove, brutte, nel viso alterato dal caldo. Una tristezza irrefrenabile l'aveva colta tra gli apparecchi igienici di quella casa sconosciuta, amiche bussavano alla porta per chiedere se si sentiva male. Ragazzi accaldati si erano piegati a guardarle nella scollatura. Aveva desiderato di morire.

«Papà...» lo guardava bere il tè con lunghi sorsi che gli incollavano le guance ai denti, «papà voglio partire voglio andare in montagna...», la fetta di limone galleggiava rotonda nella tazza e sotto il copriletto a losanghe le gambe magre del padre distruggevano valli e colline. «È un brutto momento per me, – aveva detto, – avrei proprio bisogno di andare via...», ancora stordita di sonno con i bottoni della vestaglia allacciati sbagliati. Dalle finestre una luce grigia. Si era messa a giocare con la frangia del plaid «È solo un momento difficile, sono cosí stanca, non lo so bene neanche io...» E invece lo sapeva benissimo; guardava nella tazza la fetta di limone prosciugata sul fondo. Non voglio soffrire voglio essere felice come ero prima, ma questo non l'aveva detto. I piedi nelle pantofole scivolavano sulla spalletta del letto, il padre aveva occhiali montati in oro e la scrutava affettuosamente beffardo come chi la sa lunga. Un pigiama di flanella turchina su cui lui portava una giacca da casa in cammello: l'aria pura, le bianche distese di neve, bene, bene... I passi della cameriera erano scesi come topi giú per le scale e il viso triste aveva sorriso al di sopra della scatola di biscotti Lazzaroni «Buon anno ingegnere». Maddalena aveva allungato la mano nella scatola dai bordi di latta, «buoni questi biscotti alla vaniglia...»

Era il giorno di Capodanno e in bagno la ragazza

francese gargarizzava con acqua e aceto, ma la ragazza francese non c'entra. «Poggia un po' lí la scatola, – aveva detto il padre, – altrimenti finisce che si rovescia sul letto». La mattina sempre piú grigia scopriva le sue nuvole dense, la cameriera sollevava il vassoio con la tazza vuota: anche se aveva vent'anni lei non era andata a ballare e la mezzanotte l'aveva scandita supina tra gli spari e i cocci buttati giú per la strada, rannicchiata tra le lenzuola dove sentiva solo il suo odore di forfora e pelle – un odore di tana che non si perde mai, neanche quando si entra in casa di signori e c'è un bagno con la vasca –. E alle sei e mezza la cuoca l'aveva fatta saltar giú dal letto per andare a Messa «vuoi far mica come le bestie, neanche il primo dell'anno in Chiesa?»

«E ieri sera, ieri sera com'è andata, – ha chiesto la madre, – sicuramente hai pasticciato troppo; una mayonnaise di venti uova, roba da farsi scoppiare il fegato! guardati allo specchio, guarda che faccia...» Ma Maddalena aveva guardato il padre e il padre lisciava il risvolto del lenzuolo, poi la mano aveva cercato la sua e l'aveva stretta, lo sguardo veggente comprendeva e confortava mentre le dita ruvide carezzavano il dorso fino della sua mano, quella gelida maniiiina... Andrai in montagna Maddalena, avrai un maglione ricamato di cervi e un paio di sci nuovi, di frassino svedese, vento e neve picchieranno sul tuo viso. E sarai di nuovo felice.

Era stato Giovanni a dire a Maddalena che Antonio andava al casino. «Ma vai, – aveva alzato le spalle, – una cosa ridicola, una delle tue solite balle». «Tu chiediglielo, e vedrai». Ma Maddalena non glielo aveva chiesto, che vergogna fare una simile domanda, e aveva continuato ad uscire con Antonio per andare al circolo del cinema dove adesso tutti la conoscevano e le facevano posto sulle seggiole anche se la proiezione era già cominciata, convinti tutti che fosse la sua ragazza. Invece non si erano ancora detti niente. Una volta per strada mentre aspettavano il tram ridendo di non so quale sciocchezza, un vecchio signore si era fermato a guardarli «Come siete belli, – aveva detto, – che Dio vi benedica!» lasciandoli a bocca aperta. A tutto pensavano meno che a essere belli; e Maddalena si era sentita imbarazzata perché quasi suonava una benedizione nuziale, quasi una frase profetica per Rebecca alla fonte ad attingere acqua.

Altre volte andavano insieme a vedere una mostra di quadri e Antonio le spiegava l'arte astratta muovendo le dita dai polpastrelli sottili. Dita lunghe scure e nervose le cui circonvoluzioni Maddalena seguiva appassionatamente senza prestare d'altra parte molta attenzione alle frasi difficili che le accompagnavano. Perché Antonio cercava di guadagnare sul piano intellettuale la fanciulla che avrebbe voluto cedergli solo perché piú bello di tutti. Ma come incontrarsi; lui odiava la sua bellezza, la frustrava con giacche troppo larghe e ridicoli cappelli per la pioggia, portava Maddalena davanti a quadri che sconvolgevano il suo ordine prestabilito obbligandola a uno sforzo che lei si rifiutava di fare, diffidente, la sua cultura imbastita di Musei Vaticani e Paoline Borghese del Canova. Tutto bello però se dopo passeggiavano insieme, guardavano le vetrine, la gente, e Antonio la prendeva in giro perché tante arie sembrava darsi quando non capiva. Le insegnava a fumare senza mandarsi il fumo in faccia. «Dài, guarda, cosí». E le dita che reggevano la sigaretta le sfioravano le labbra, la sigaretta tremava bagnata di saliva. Entravano in un bar, giravano piano il cucchiaino nella tazza tra lo strepito della macchina dell'espresso, e il tempo veloce bruciava le ore dietro le spalle. Quante volte aveva detto «oh Dio, già cosí tardi!»

Aveva una nuova amica quell'inverno che si chiamava Isabella e questa Isabella le faceva molto comodo perché non poteva dire che usciva con Antonio. Chi poteva capire in casa perché tanto improvviso interesse per Ziga Vertov o quali fossero gli straordinari pregi della Giovanna d'Arco di Dreyer. Invece Maddalena sedeva compunta ad ascoltare un ragazzo con l'erre moscia svelare i reconditi significati del film, attenta a non farsi cadere la borsetta e a non far scricchiolare la seggiola. Uno stanzone fumoso dove la pellicola ronzava nell'odore di bruciaticcio. La sera di Giovanna d'Arco era uscita dalla proiezione in silenzio e seduta sola nel tram le era sembrato di essere un'altra, non sapeva se migliore o peggiore, sapeva soltanto di sentirsi diversa.

Solo quel comunismo a dividerli, che Maddalena tenace come una termite cercava di rodere con denti di carta.

«Ma sei iscritto?» lasciamo aperto uno spiraglio alla salvezza in questa voragine che conduce direttamente all'inferno, facciamo che sia un purgatorio dove c'è speranza di redenzione. E se quella sera che passeggiavano lungo il muro di Via Anapo costeggiando manifesti deformi d'acqua, Maddalena non avesse ricominciato i soliti discorsi, Antonio le avrebbe detto che l'amava. L'amore gli traboccava dalle labbra, dal respiro; e come non amare quella ragazza che al di sopra di una sciarpa d'angora levava su di lui occhi intenti, assetati, celesti? Avevano cominciato col parlare di una poesia di Lorca: *Gazzella del ricordo d'amore*; e sulla strada solitaria il tramonto dilagava giú fra le nuvole squarciate riflettendosi nelle pozzanghere, strusciando lungo i muri coperti di un'edera verde e lucente. «Ma sei iscritto?» dondolava la borsetta ferma sul marciapiede, impaziente di ricevere una risposta. Gazzella del ricordo d'amore... Una macchina passando aveva sollevato uno spruzzo e anche lo spruzzo era azzurro, cielo e crepuscolo si riverberavano lungo la curva delle sue guance. Ma sei iscritto sei iscritto sei iscritto... gli aveva voltato rabbiosa le spalle e nella discesa dei capelli affioravano, gracili, le scapole. La borsetta le era sfuggita di mano cadendo nell'acqua; e adesso?

La storia del comunismo di Antonio è stato Giovanni a farla sapere in casa. Anche lui sarebbe ora che la smettesse di frequentare atei e mangiapreti; da troppo tempo raccolgono i suoi favori. «Come quella volta dei tedeschi morti» dice la madre e a tavola predica ad alta voce contro Stalin perché anche Adone senta come si vive in Russia, cosa devono patire, «se si aprissero le frontiere scapperebbero tutti come lepri».

Ma è stato Antonio a traviarlo, già fonti misteriose avevano messo in guardia la madre sulle simpatie politiche del ragazzo cosí assiduo al ping-pong. Quando l'hanno chiesto a Giovanni lui ha detto «sí, è comunista, non pare, lo è veramente». Una chiara voce tra le alte finestre. «Ma allora perché l'anno scorso dicevi che non era vero?» «Perché l'anno scorso non lo era». Quale improvviso desiderio di sincerità in Giovanni? «Santo cielo, – aveva detto la madre, – e sono quasi due anni che gira per casa...»

7

Ma una volta che Giovanni ha cosí spudoratamente ammesso che Antonio è comunista, qualcosa bisogna fare. E poi dopotutto è anche una mancanza di riguardo venire a parlare dei peccati dei ricchi in casa di gente ricca. Gelidi saluti incrociano il ragazzo quando la sera viene a giocare a ping-pong e con intense occhiate la madre vorrebbe esorcizzare la sua bellezza. Perché, ahimè, se fosse piccolo e meschino questo peccato gli potrebbe anche venire perdonato, ma Antonio è grande, splendido, la sua una presenza che ferisce; e poi è sempre lí con le ragazze a scherzare e a fare lo spiritoso! Mi sa tanto che Maddalena ci esce pure insieme qualche volta. «Per piacere l'impermeabile bagnato non appoggiatelo sulla seggiola». «Per favore non fate tutto questo chiasso, papà ha mal di testa». «La cenere nei posacenere». «Chi è adesso che ha lasciato il rubinetto aperto?»

La vigilia di Natale Antonio era arrivato mentre facevano l'albero e seduto sul divano aveva cercato di riparare l'impianto delle candeline elettriche finendolo di sfasciare completamente. Una palla d'argento era caduta in terra con un botto sommesso e la madre si era messa ad andare su e giú rimproverando per ogni cosa, la palla, le candeline, il fumo; ma loro ridevano seduti sulla scala o in ginocchio sul tappeto. «Se continuate cosí quest'albero lo finirete per la Befana!»

Prima di andarsene Antonio aveva buttato sul divano un pacchetto legato con un filo d'oro: un regalo per Maddalena. Dentro c'era un fazzoletto di seta con tanti cavallini in corsa.

Chi la spiava il giorno seguente quando era corsa ad aprire la porta? Nell'ingresso vasto e silenzioso il sorriso si smarriva nell'ansia delle labbra, preciso l'arco dei sopraccigli nel viso chiaro investito dalla luce delle scale. Si era appoggiata alla porta e l'aveva guardato: nella penombra i contorni freschi e limpidi della sua pelle disegnavano la felicità. Antonio si era sfilato il paltò – il suono leggero dei bottoni sul vetro –. Chi li spiava? Maddalena aveva rinchiuso piano l'anta massiccia lasciando le dita fredde appoggiate al legno per prolungare quell'attimo. Quasi un presentimento. Nella sera grigia e incerta, stagnante nell'odore di un copiosissimo pranzo, loro avevano trasfigurato il tavolo con grevi spigoli novecento, il lume a tortiglione, la dura cornice delle porte in marmo variegato. Il vaso di poinsezie. Un attimo aveva consumato l'unione che non si sarebbe piú realizzata. Un attimo infinito, sfuggente.

«Mi dispiace, – aveva detto la madre, – ma non si può continuare cosí, tutte le sere, anche la sera di Natale! Cercate almeno di alternarvi un po', continuamente gente che entra e che esce, a me non sembra che sia il modo. Questa è una casa, non un albergo...» Pazienza, tutti disposti a capire; e non è che avessero tanto torto, facevano un chiasso che a volte si sentiva dalla strada. Quella non era una casa da reggere troppo a lungo l'ospitalità, si capiva dalla scarsezza di posacenere e perfino di bicchieri d'acqua: se qualcuno aveva sete doveva andare in bagno e attaccarsi al rubinetto.

Erano andati alla porta ancora tutti sudati per la partita di ping-pong. «Il discorso era soprattutto per me, – aveva detto Antonio, – da quando hanno saputo che sono comunista, capirai...» tranquillo si infilava il paltò e a Giovanni un vago sorriso aveva incrinato il bel viso chiaro «E che non sanno del casino, che hai cercato di portarci anche me...» Isabella sedeva sul tavolo con la gonna scozzese larga sul vetro mentre il gong suonava a perdifiato, Antonio si era fermato a mezzo, un braccio levato verso la manica che non trovava «E tu perché non glielo dici?» Qualcuno aveva picchiato sul torace di Giovanni «Dài, che vigliacco che sei...» Isabella era scesa con un balzo dal tavolo e buttando indietro bruscamente la testa si era liberata dei capelli sugli occhi «Andiamo andiamo che è tardi», e aveva afferrato Antonio per un braccio. Adone si era sporto dalla scala per vedere quante volte ancora avrebbe dovuto suonare il gong.

Un'ira furiosa aveva assalito Maddalena, non l'aveva guardato non l'aveva salutato e se ne era andata salendo i gradini a due a due. A tavola il padre protestava che quel gong sempre bisognava suonarlo quattro o cinque volte, questa storia doveva finire, il ping-pong sembrava diventato ormai pubblico, viene chi vuole, bisogna selezionare, la mamma ha ragione, non riuscite mai ad avere una misura...

Giovanni mangia la sua pastina spessa nel brodo e l'incavo del cucchiaio si vela di grasso, gli occhi con la pupilla dilatata, nera di durezza. La vendetta si inghiotte con la minestra, si sbriciola in molli bocconi di mozzarella dove la forchetta affonda in goccioline di latte. Consumatum est. Un Adone impeccabile, appena stempiato, si appresta a sentire un ennesimo discorso su Stalin, il rosso demonio dei nuovi anni cinquanta. Brillano attraverso l'accecamento rabbioso delle lacrime le candeline dell'albero, parla e parla Maddalena. Ivanhoe è caduto da cavallo; briciole di pane scricchiolano sul tappeto sotto i passi di Adone e Giovanni sorride ambiguo ai discorsi della madre. «I contadini... come si chiamavano, i kulaki?», il padre conferma «Sí, i kulaki. Deportati a migliaia tra stenti terribili. E chissà quali altre nefandezze si verrebbero a sapere, se solo la gente potesse parlare...» Maddalena impasta molliche di pane con le dita ancora sporche della polvere, là, giú al ping-pong, e i denti dove sono rimasti annidati frammenti di mandorle del torrone masticano lenti, con nauseabonda fatica.

Giovanni ha l'influenza e accanto al suo letto Antonio saluta Maddalena pronta a partire, e all'ultimo momento una gran voglia di restare a curare il fratello. Ma Giovanni brontola che si vuole alzare e bere birra gelata, parti parti con il tuo golf norvegese, «spalancate la finestra, almeno un po' d'aria», «dammi il termometro, fai vedere a me». Antonio fuma e sta zitto, la ragazza francese a solfeggiare nel pensionato; per lui una città ventosa e deserta, per lui non piú finestrini di tram dove il sorriso si irraggia nel volto sottile, non piú Maddalena che ora improvvisamente lo guarda senza pudore; mani piccole e sudate che si attaccano al bicchiere, al termometro, alla coperta. «Se non mi compri le sigarette mi alzo subito» dice Giovanni alla madre. «Non ti voglio piú curare, aggiustati, – lei risponde, – ma se la notte hai paura di morire non mi chiamare!» I capelli appena lavati di Maddalena splendono sul maglione tra le corna del cervo ricamato in blu e la bocca trema appena mentre bacia il fratello; si è ancora fermata sulla porta: la strappano, la portano via. Antonio è in piedi che guarda dalla finestra Adone montare le valige sul portabagagli della macchina.

Ruderi romani tozzi e scuri come oggetti smarriti che qualcuno verrà a portarsi via da un momento all'altro, il treno sbatte da tutte le parti e l'aria satura di termosifone passa come carta asciugante nell'esofago. Sempre piú veloce sempre piú lontano. L'acqua esce faticosamente dal rubinetto a pressione, non è potabile.

E Giovanni come un re sul trono sta seduto nel letto nella stanza con odore di febbre. Sul bicchiere smerigliato è disegnata l'impronta delle sue labbra impastate. Antonio preme sul vetro oscuro della notte le mani magre e irrequiete: occhi grandi lucidi e rabbiosi.

L'acònito

Per il compleanno di Piera il sacrestano non ha svolto tappeti rossi né il parroco ha indossato la pianeta nuziale ricamata dalle suore. La nonna ha tirato fuori la seggiola per sgranare al sole i piselli e Piera ha steso sul filo i panni strizzati.

Giovanni è tornato a passare davanti a casa sua e Piera era sulla porta con lo stesso sorriso e la stessa maglietta slabbrata di sempre. «Allora non ti sei sposata?» «Ancora no, forse a dicembre». «Perché?» Glielo ha detto e mentre parlava teneva le braccia incrociate sul petto, una voce tranquilla e piana che sembrava raccontare la storia di un'altra: il posto tanto promesso e fregato all'ultimo momento, la vendemmia di uva tutt'acqua, e cosí... «Ti è dispiaciuto?» La porta del cortile sbatteva dietro di lei e per un momento è sembrata cercare la risposta alle spalle, poi in fretta ha detto di no. Quasi sgarbata. «In casa non c'è nessuno» ha detto ancora, e l'ha portato sotto la pianta di fico. «Non mi piacciono i fichi» ha risposto. Lei ha riso pensando a quanti ne aveva mangiati l'anno prima, e perché? Denti e occhi come pietre colorate in quel sorriso, ridi, Piera, ridi, e rido anch'io perché non ti sei sposata, non sei andata a vivere in un altro paese. Quando ti ho vista, Piera, il tuo vecchio vestito di ragazza mi ha fatto impazzire di gioia. Le ha toccato un braccio, poi con la mano le ha scostato i capelli per carezzarle il collo e le dita sono passate sul mento, le labbra. Piera lo ha lasciato fare, e rideva, e quel ridere lo imbarazzava. «Vieni domani sera, dopo le otto, al prato dietro la fornace». Giovanni se lo è fatto ripetere tre volte per paura di non aver capito bene.

A casa le sorelle prepotenti e litigiose, Giovanni è passato fra loro come fra cani arrabbiati, in camera Michele studiava con la testa fra le mani. L'ha guardato e non ha detto niente, e cosa poteva dirgli, sai è innamorata di me, mi ha baciato... tu che provavi quando la baciavi e poi tornavi a casa come niente fosse, fischiando, io no... Michele ha girato la testa cosí Giovanni ha finto di cercare un libro, come può capire Michele che sbuffa appena qualcuno interrompe la sua quotidiana fatica.

La sera è andato a passeggio e guardava tutte le ragazze nella speranza di incontrarla. Si è seduto da solo su un muretto per pensare a lei. Sorride ora di quelle lunghe ansiose passeggiate nel sole del primo pomeriggio circumnavigando la sua casa o quando riverso in un campo la immaginava in un universo di nuvole come ippogrifo sfolgorante in cielo. Sassolini scricchiolano sotto le scarpe e da lontano lo chiamano sfottendolo. Tutto tanto semplice, non avrebbe mai creduto possibile.

Quando è tornato Michele era sveglio, sdraiato sul letto scriveva ad Adriana. Si è fatto coraggio e glielo ha detto, in fretta. Quando ha pronunciato il nome di Piera le labbra hanno esitato. «Sta' attento che quella ti incastra».

Ora è la volta sua di uscire con una coperta che tiene nascosta nella legnaia, la stende in terra e le sere sono ancora tiepide: per loro passano in fretta, troppo in fretta. Sempre qualche zanzara la punge, «a te non ti pungono mai, devi avere il sangue amaro» lei dice, e incide con l'unghie nella bolla, i capelli in disordine sul viso infuocato. Sulla strada passa qualche rara macchina e i fari dilagano per i campi fino a sfiorare il suo viso, Piera serra gli occhi come avesse paura. Attraverso la coperta Giovanni sente il terreno disuguale, l'erba dura, invisibili insetti che vivono nella terra. «Io non ho schifo di niente, – dice Piera, – solo dei ragni». Mentre torna a casa la coperta conserva il calore dei loro abbracci e Giovanni la stringe al petto: sarà Piera la ragazza che dolcemente lo porterà al congiungimento dei corpi. Lo sa mentre l'abbraccia e vorrebbe subito, ma se lei lo respinge non insiste e resta sdraiato in terra con il sangue che batte alle tempie. Forse in quei campi, tra quei fossi, con altri c'è stata – troppo bene conosce i posti tranquilli. Piera si alza e scrolla la gonna, gli gira intorno, a volte canticchia. Ancora supino in terra Giovanni la guarda, stanco e repentinamente depresso. Piera parla e gli racconta qualcosa; Giovanni non l'ascolta e pensa ancora quello che con lui non fa e forse ha fatto con altri.

Michele gli ha chiesto come andava con Piera. «Normale» ha risposto. Adesso ha paura che Michele gli racconti qualcosa, lui che ha una fidanzata potrebbe dirgli: Piera, una che faceva questo e quest'altro con me. Stesa nei prati lei a volte gli nomina Michele; è molto diverso da te, dice. Michele era prepotente, Michele certe volte se si metteva in testa una cosa... E come un arcangelo in cielo passa Michele fra loro, il forte Michele, il sicuro Michele, il coraggioso Michele... «Dài, che ti prende adesso? lo sai che vicino a te abita una mia zia, io da bambina ci andavo sempre per guardare giú nel vostro giardino, ero innamorata di te, già da allora. Restavo ore a guardarti.

Delle volte mi sono pure messa a cantare, mi hai mai sentita?» «Tornaci adesso Piera...» Ride stesa in terra con la testa sul golf e formiche le passano sulla fronte «quella non mi vuole piú vedere, si è messa in testa che ho portato via il fidanzato a sua figlia...»

Vengono le zie in mesta processione di ricordi «Giovanni che fa, come studia?» stringono le palpebre per vedere meglio, loro sanno, hanno antenne vibratili pronte a cogliere ogni soffio nell'aria e gli occhi piccoli e freddi come quelli delle lucertole si posano su Giovanni: un ragazzo che si alza per andarsene non appena le vede arrivare dal viale. Un villano. Hanno passi piú lenti le zie e vuoti improvvisi di memoria le afflosciano sulle seggiole in un sorriso smarrito; a volte ancora si rizzano con le lingue biforcute ma dalle labbra avvizzite esce un fiato che sa di disfacimento.

A casa la madre va e viene con il mazzo delle chiavi, siede sotto il noce a fare le presine per il caffè in coton perlé «Che fai Giovanni, non vai piú a pescare? Vieni con me ad Alessandria, cerchiamo quel paio di scarpe con la para». «Comprale tu mamma». Non ha nulla da fare ma lo spaventano i pacchetti della madre, le sue soste improvvise in un negozio non programmato e poi dice aspetta, aspetta, adesso facciamo una bella merenda! Lui resta a lungo a guardarla intrecciare le maglie attratto dal filo bianco che corre veloce fra le dita, un'abilità da giocoliere. La guarda e le parla godendo del ritmo dei gesti sempre uguali: lei ha una macchia nell'angolo dell'occhio sinistro, una macchia rossastra nata forse con lei e Giovanni la ritrova ogni volta con affetto mentre l'ombra del noce spegne i lampi del crochet. Sempre piú lontano e struggente il sorriso a fossette sotto il cappello a *cloche*. Un piccolo cumulo di proposizioni quotidiane che lei quotidianamente controlla e le parole passano lievi e incolori, informi come larve. «E tutti quei libri sui tedeschi, li posso mettere via visto che non li leggi piú?» «No, che bisogno c'è, che fastidio dànno in camera mia». «Cosí, pensavo di far ordine... quanti soldi che butti in cose che poi non ti servono!» «Mi sono serviti, sta' tranquilla...» Ma quell'estate i suoi pensieri si allargano in cerchi sempre piú larghi e Piera si riverbera nell'autunno, nell'ombra e nel noce, nella liquida luce di settembre. Strade solcate dalle ruote dei carri. Campi di segale e granoturco, grida di un uccello notturno. Accade ancora a volte che Giovanni sospenda un gesto troncato netto dall'affiorare di un ricordo, una bolla d'aria che fende dolorosamente l'acqua della giornata. Può essere un pezzo di filo spinato, l'odore di una stoffa che brucia, o una saponetta che gli mettono in mano come a quelli che entravano nelle camere a gas e che sotto il lieve strato di sapone nascondeva un pezzo di legno segnato da un numero. Ma sempre piú velocemente questi pensieri si dissolvono nello splendore di una stagione in cui Piera parla, si muove, ride in una nuova dimensione che niente ha piú in comune con il passato o i sogni. Dove Piera è finalmente Piera. Non è diverso dagli altri, lui. Stasera, forse stasera sulla coperta. Stasera, nel buio. Stasera.

Esce fischiettando in bicicletta, paura e desiderio premono sui pedali e la ruota segna zig zag nella polvere. Contadini rientrano a casa con il cane fra le ruote del carro. Ma poi torna e niente è successo, allora pedala piú lento e il fanale ondeggia sulla strada nel sibilo della dinamo: ha bisogno di silenzio per raccogliersi in se stesso, affacciarsi all'orlo del pozzo dove nel fondo occhi verdi dànno le vertigini.

«E lo studio, – dice il padre, – come la mettiamo

con questi esami? Se a ottobre non ne dài almeno due ti taglio i viveri, faccio come quel tale che perfino le scarpe ha portato via al figlio per non farlo piú uscire». «Ma te l'ho detto che a ottobre li do, lasciami in pace, io studio la mattina!» Lo sa Giovanni di irritare il padre per i bei lineamenti dove tenacia e volontà non trovano forma, e come una mezza tacca di poeta i suoi capelli sono lunghi nel collo, la barba mal fatta e il colletto sempre sbottonato. Neanche a farsi le ossa sotto le armi riusciranno a mandarlo perché è sordo da un orecchio e quando sparano non sa da che parte voltarsi. «Michele è uno dei primi del suo corso, in ingegneria, e tu che hai intenzione di fare? Neanche a legge riesci ad andare avanti e non esiste facoltà piú idiota altrimenti tu l'avresti scelta!» «Io non ho fretta come Michele...»

E la mattina Giovanni siede al tavolino, lo studio non gli costa eccessiva fatica ma non può essere come Michele che molto si aspetta dal suo libro di Meccanica Applicata alle Macchine. Per lui lo studio è senza credo, non spalanca orizzonti; tutt'al piú la porta a vetri dell'ufficio del padre, ma senza il lambrí. Si alza e guarda in basso le sorelle buttare giú le noci con una canna, fa conversazione dalla finestra e dal basso gli tirano una noce che Giovanni schiaccia fra le mani cospargendo di gusci il libro aperto. Che desiderio di andar fuori a sedersi su un gradino con il sole sulla schiena. La postina arriva dal viale portando la borsa a tracolla e da lontano chiama, quasi il verso stridulo di un uccello; appoggiato al davanzale Giovanni aspetta di sapere che per lui non c'è niente. «Ma chi vuoi che ti scriva...»

Piera è in ginocchio, la camicetta esce dalla gonna a pieghe e lei si diverte a far saltare una rana, ride e chiude le mani a cerchio per non farla scappare, «non è carina?» Giovanni sorride, si sente bello cosí a torso nudo con i capelli che gli ricadono sulla fronte e il torace da adolescente liscio e glabro, «piantala, lasciala andare...» Ma Piera sembra vedere solo la rana, parla del mare, è stata ad Alassio l'estate scorsa, una settimana, ma il mare le fa paura dice, il fiume no perché si vedono le sponde. «Il fiume è molto piú pericoloso» ha detto Giovanni. Piera gli è venuta vicino attenta a non farsi male coi sassi; sui piedi larghi e solidi le pianelle hanno lasciato un semicerchio piú chiaro. Si è seduta e gli ha poggiato la testa sulla spalla, l'acqua gocciola dai piedi nudi e gli occhi si fanno sempre piú seri, quasi pallidi «sento il tuo cuore, – dice, – tum, tum, tum». I pioppi pezzati come colli di giraffa salgono vertiginosamente sottili, Giovanni ha cercato di baciarla tirandola giú distesa sul letto di foglie. «No, adesso no, c'è qualcuno laggiú», lontano un uomo è in piedi su una barca lunga e stretta. «Ma che vuoi che veda da questa distanza». «Dài, Giovanni, pensi sempre alla stessa cosa, non si riesce neanche a fare un discorso con te!» L'uomo lontano rema con una pertica, gli stivali di gomma alti fino alle cosce. Giovanni si è alzato cosí bruscamente che Piera è quasi caduta all'indietro, il suo un sudore che odora di chiesa deserta nel pomeriggio. Si è diretto verso il sentiero che costeggia il fiume «Dove vai, – ha gridato Piera, – aspettami!», ma i sassi le fanno male ai piedi e prima che sia arrivata a prendere i sandali Giovanni è già scomparso oltre la curva.

Qui veniva con il Nitin a pescare: nel silenzio vibrano libellule dalle ali blu e il ponte spezza la lucentezza verdastra dell'acqua. Libellule che sembrano immobili, invece repentine tagliano la strada. Il Nitin raccontava di aver conosciuto un bambino accecato da una libellula. Un caldo opaco bagna di sudore i panni, preme sulla fronte, velenoso e sottile filtra attraverso i canali linfatici, Giovanni ferma un barattolo trascinato dalla corrente, una zanzara lo punge sulla schiena e sente la bolla gonfiarsi. Improvvisa la voce di Piera «Giovanni, Giovanni, Giovanni!» È tornato indietro e il barattolo gli è rimasto in mano: l'uomo con gli stivali lucidi di acqua è a terra fermo a guardare Piera, lei agitata e pallida continua a chiamarlo «Giovanni, Giovanni, Giovanni!» In un istante si è accorto di quanto era bella cosí spettinata. Si è messo a correre e l'ha baciata sul collo. «Ma sei matto dico, e se lo conoscevo?»

Ci sono giorni in cui Giovanni esce soltanto per passare davanti a casa sua, appena uno sguardo mentre la bicicletta oltrepassa il muro dove si apre l'inferriata della stalla, buia di muggiti. Ma una volta ha visto fuori la motoretta del fidanzato e non ha resistito e ha spinto la porticina facendo squillare la campanella appesa a una molla. Piera era in piedi dietro la seggiola dove il fidanzato sedeva a guardare delle fotografie e Giovanni ha chiesto se per caso avevano visto un cane fatto cosí e cosí, e intanto veniva avanti salutando garbato. «Ah che belle fotografie!» ha detto. «Sono del matrimonio di mio cugino», e il fidanzato le ha sollevate per mostrarle. In una si vede Piera con un largo cappello bianco e nella fotografia è diversa, grassa, con la borsetta stretta fra le mani. Il fidanzato spiega «mia madre, mia sorella, mio nipote» e il grosso pollice di contadino dall'unghia corta e pulita preme sulla carta lucida.

Giovanni chiede, vuol sapere chi è questo e chi quest'altro, «guarda qui la Rosetta!» Il fidanzato spiega gentile, lusingato da tanto interesse. Mostra la fotografia della sposa con il velo sollevato per mangiare un piatto di tortellini «e dopo, – dice, – tagliatelle e ancora lasagne, un'esagerazione, noi non faremo cosí, vero Piera?» Ma Piera non guarda piú le fotografie, al di sopra della testa del fidanzato Giovanni ne incontra lo sguardo: vattene, vattene. Ma Giovanni non vuole andar via mentre il fidanzato è lí solo con lei, la nonna chiusa chissà dove, sorda e mezza cieca. No, non vado. Continua a fare domande e le fotografie si accumulano una sull'altra, tutta gente di fuori questa, dice il fidanzato, parenti della sposa. Giovanni si rizza, vede il profilo di Piera pallido nell'onda pesante e scura dei capelli che scendono nel collo: per il fidanzato lei mette il rossetto e disegna le sopracciglia con la matita nera. «Ho sete, – ha detto, – potrei avere un bicchier d'acqua?»

Ha seguito Piera nella penombra della cucina dove lei si muove sicura e apre con uno scatto la credenza; mosche posano sull'incerata del tavolo lisa agli angoli fino a mostrare la tela. Ha cercato di abbracciarla, senza fiatare Piera l'ha respinto coi gomiti e il fidanzato ha sollevato la tenda sulla porta: il sole ha inondato Piera, il bicchiere, le mosche nere sul tavolo. Tanto silenzio che si sente l'acqua scivolare nell'acquaio.

Adesso il fidanzato raduna in fretta le fotografie, non è piú gentile e quasi non risponde mentre Piera lo aiuta a metterle in ordine. Giovanni è andato fino al pollaio e poggiando le dita alla rete metallica «che bel gallo» ha detto. Nessuno gli ha risposto e quando si è voltato Piera non c'era piú, la seggiola era vuota in mezzo al cortile e il fidanzato si puliva gli occhiali con il fazzoletto, un ragazzotto cosí senza lenti. I suoi stanno bene, hanno terra e cascina e a Piera hanno regalato una spilla con una perla. Forse da dietro la tenda lei lo spia, ha paura: il fidanzato ha braccia robuste e una larga mascella quadrata, anche se è un uomo mite. Tutti dicono che non farebbe male a una mosca e la Piera è stata proprio fortunata.

Piange seduta sulla coperta a gambe incrociate. Giovanni non sapeva, era sicuro che già con altri nelle notti di luna tutto fosse stato fatto. Non può toccarla in questo momento, o consolarla, non vorrebbe neanche starle vicino per quello che c'è di brutale nel suo modo di stare in terra. Si è girato e le foglie sono scricchiolate sotto al suo peso: una iniziazione faticosa, stentata. Troppo tardi troppo tardi è stato il suo primo pensiero; forse quando la immaginava steso fra i solchi, forse allora era il tempo giusto. Troppo tardi ormai, per Giovanni non esisterà piú la ragazza che dolcemente lo congiungerà a sé.

Piera cerca la sua mano senza capire che lui rifiuta quel contatto, lo sopporta solo perché lei gli fa pena. Ma Piera ha smesso di piangere quasi subito, anzi ha cercato di sorridere e nella penombra i denti bianchi e forti ricordavano gli animali selvatici: un sorriso silenzioso e senza dolcezza. Dopo si è messa a parlare passando il pettine fra i capelli; Giovanni li sente crepitare nel buio, massa compatta, nera, sparsa di fili di paglia. «Sei contento? – lei gli chiede – dimmi se sei felice». L'umido della terra bagna la coperta, la rende molle e fredda. «Dimmi se sei felice, io sí, sai, anche se ho pianto, è stato solo un momento... Giovanni?...»

«Sí, sono felice», la voce che ha risposto era roca come dopo un lungo silenzio. «Un'altra volta andiamo nei campi, – ha detto Piera, – su un prato, all'aria aperta». L'ha guardata: le giornate sono già corte, rapidamente si distruggono nei crepuscoli. «Sono allegra vedi, adesso sono allegra, sono contenta che è stato con te, la prima volta per tutti e due...» Le ha messo a posto una ciocca di capelli, tenue diversivo per non risponderle. Con un tonfo è caduto nel pozzo. «Sei arrabbiato con me perché mi sono messa a piangere vero?» Dietro la sua testa un varco di notte stellata «Dài, che ti prende adesso, perché dovrei essere arrabbiato...»

Si è seduta, si è rialzata, è uscita fuori e le zanzare l'hanno punta. Giovanni si è avvolto nella coperta, il desiderio di raccogliere i suoi sensi con le sue ossa. Ha chiuso gli occhi ma intorno sente scricchiolare e scricchiolare come se qualcuno passasse le dita sulle canne intrecciate del capanno. Piera è tornata dentro e ha detto «è tardi, devo andare a casa». Giovanni ha tirato su la testa. «Ho paura, sola» ha aggiunto Piera. In piedi è grande sopra di lui con macchie di pelle chiara, un libro aperto sul leggío. Parole che lui non vuole neanche vedere.

Il fanale della bicicletta illumina rotaie di carri indurite dalla secca, Piera tiene la mano poggiata sulle ginocchia a fermare la gonna. Ora sta zitta anche lei e la bicicletta sobbalza sul terreno disuguale. L'ha salutata prima di entrare in paese, come ogni sera, e come ogni sera nel fermapacchi lei tiene un canovaccio con cui avvolgere il pane e forse a casa l'aspetta il fidanzato; con lui ha fatto molte cose nei campi o in casa ma non questo, con Michele e con altri, con il corteggiatore della cugina che non la saluta piú.

In giardino Maddalena sogna d'amore tra le stelle con un pezzo di pane in bocca «Giovanni, ti cercava la mamma, dov'eri?» «Te lo dico se giuri di non parlare». «Giuro», si è messa immobile ad ascoltare con una bocca bianca di mollica. «Alla benedizione». «Neanche spiritoso sei, solo fesso». Lo so, lo so, ma pensieri sereni mi vengono incontro mentre salgo le scale e appoggio la mano alla ringhiera di ferro, una zanzara si stampa sul muro in una macchiolina di sangue, maledette le voglio sterminare! La porta si apre sulla cucina e la cameriera passa con fiati di denti guasti. «Lavatevi le mani che è pronto, c'è il soufflé!»

Il soufflé! Il soufflé! La crosta dorata sale vertiginosamente, straborda dal forno con cuoca madre e Adone, presto, a tavola! Crocchia lieve la pelle e fili di formaggio si attaccano al mento brucianti e vischiosi. Oggi ho avuto una donna, l'ho posseduta, era vergine, come tu Michele, tu padre, tu Adone. Il soufflé repentinamente si dissolve sotto il coltello calato a fendere la crosta, svanisce in una vampata di fumo. Parlo troppo e mi comporto come se fossi felice tanto che la mamma insiste «dove sei stato questo pomeriggio, dove? Possibile che nessuno sia riuscito a trovarti, eppure lo sapevi che doveva venire il sarto». Ah, il sarto! Una giacca imbastita di teletta appoggiata sulla spalliera della seggiola. «Ancora soufflé». Un sarto tanto piccolo che lo chiamano Quatrani. «Non te lo finire tutto». «Ma allora si può sapere dov'eri?» «Adesso a me», il cucchiaio raschia il fondo della terracotta smaltata a racimolare qualcosa nel ventre vuoto e giallo di quello che era un soufflé. Non lasciatemi solo stasera.

«Domani parto, – dice la mamma, – mi raccomando di non fare inquietare papà». Speranza volge in giro lo sguardo castano «Vorrei sapere chi è stato quel cretino che ha usato i miei colori e ha lasciato i tubetti aperti». «Io no, è inutile che guardi me». «Ancora non ci hai detto dove sei stato». «Li ho presi io, per dipingere la tavoletta in camera da gioco, io però li avevo richiusi». «Invece li hai lasciati aperti, e adesso me li ricompri». «Ho ancora fame, non c'è nient'altro da mangiare?... Sono stato con l'Orfeo, al biliardo a San Salvatore». «Ecco, sempre per essere ubbidiente». Speranza l'ha guardato, come fa a sapere che non è vero?

Quella sera Giovanni è andato insieme a Michele e Maddalena al cinema a Casale. Prima di entrare hanno preso un caffè, la donna al banco li conosce perché vanno sempre allo stesso bar e ha sorriso porgendo la zuccheriera. Ha anche chiesto a che cinema andavano «Una bella pellicola, – ha detto, – un'attrice proprio brava», intanto con tutta la forza premeva sulla leva della macchina espresso. Al ritorno sono stati in silenzio perché il film finiva male e la macchina correva sulla statale deserta. Maddalena è andata avanti ad aprire la porta e Michele ha messo la macchina in garage strisciando con la luce dei fanali lungo i pilastri della pergola e Giovanni lo ha aspettato sul viottolo. Ecco, adesso potrei dirglielo, è mio fratello, un tempo ci dicevamo molte cose. Adesso, adesso: Michele è fermo per accendersi la sigaretta e il fiammifero gli illumina il viso. Dalla porta lasciata aperta da Maddalena filtra una luce giallastra. I passi di Michele riprendono sui mattoni del viottolo «Me la presteresti domani la tua giacca di pelle? – chiede, – devo andare alla stazione alle sette, c'è Adriana di passaggio». Varcano la soglia e Giovanni richiude la porta tirando il catenaccio, poi salgono le scale nel lucore della Madonna di maiolica colorata su cui riverberano i vetri smerigliati gialli e azzurri del lumino appeso al soffitto. Michele pensa a quanto sarà bello l'indomani mattina alla stazione pallido di freddo nella giacca di pelle «Non è che gli manchi qualche bottone?» «Ah, questo non lo so...» Appoggiato alla porta Michele aspetta che Giovanni tolga la giacca dalla stampella e sbadiglia fino a mostrare i denti del giudizio, poi soddisfatto dalla visione di sé davanti ad Adriana nelle nebbie fumose della stazione, se ne va lungo il budello del corridoio con la giacca buttata dietro le spalle, tenuta con un dito come gli operai che tornano a casa.

Ma a qualcuno deve dirlo. Cosí ha cominciato a scrivere ad Antonio su un foglio del quaderno di appunti.

Quella lettera non è mai stata spedita. Era una lettera lunga e sconclusionata dove passando da un'epoca all'altra Giovanni affollava insieme le loro passeggiate, la gita a Venezia, la scuola, le discussioni su e giú per la stanza con gli occhi sbarrati dal sonno. La prima volta che sono venuto a casa tua, una casa disordinata e buia cosí diversa dalle case che ero abituato a frequentare, e per darmi un contegno avevo cominciato a parlare di Croce. Tu mi avevi trovato fanatico e insopportabile, io invece ero solo disorientato e ogni cosa mi sembrava straordinaria, perfino lo stridio del tram che abbordava la curva. Quando mi raccontavi dei casini, che forse non c'eri mai stato? Quando ti hanno bocciato in Storia dell'Arte perché ti eri messo in mente che la Cappella degli Scrovegni la conoscevi meglio del professore. Hai pianto quella volta, io vedevo le spalle serrarsi per trattenere i singhiozzi mentre facendo finta di niente tu continuavi a fissare i quadri delle promozioni. Avevi una maglietta blu, ti sono venuto vicino e ti sei voltato: possibile che mi stai sempre tra i piedi? A Venezia entravi nelle librerie e fregavi i *Don Camillo* per poi buttarli nel canale. Cinque in una giornata, e io ti facevo da palo con il cuore in gola dalla paura. Dal tramezzo del bagno mi hai passato un compito di latino, io ho preso sei e tu quattro, una sera mi hai rovesciato addosso un bicchiere d'acqua perché mi ero addormentato alla scrivania. Mi ero messo a urlare e a mia madre avevi detto che era il mio modo di sfogarmi, intanto ti eri seduto sul vetro per nascondere l'acqua che gocciolava in terra. È stanco signora, troppo stanco...

Tante altre cose alla rinfusa che gli tornano in mente nell'improvviso vuoto d'aria che gli si è creato attorno. Una girandola, una fiera, dove loro due regnano, i colli magri e le teste piene di capelli, le suole bucate e le giacche macchiate d'inchiostro. Ma la cravatta di lana, bellissima, venuta dalla Scozia. Tante cose che avevano fatto la loro vita in comune felice, sí, felice, questa parola cosí stupida e banale che nessuno di loro due avrebbe mai osato mettere in una poesia. Felice, felice. Ante Maddalena. Occhi azzurri come lame di forbice avevano tagliato il filo. Antonio, la nostalgia mi ammazza, è una misura vuota in una sera come questa.

Di Piera in fondo con amarezza.

I tigli

«Speranza stai un po' con me, vieni, saliamo fino al rifugio...» Le suole schiacciano l'erba dei prati. Ogni tanto si fermano a guardare indietro, sono soli e nel silenzio improvviso le loro mani si stringono fino a farsi male. Anche questo ragazzo è innamorato di lei, e tu Speranza? Beve succhiando l'acqua del torrente e l'acqua scivola gelata sulla bocca. Una voce roca e aggressiva, lineamenti che nel tempo andranno a sovrapporsi ad altri; frasi senza contesto destinate a comporre un confuso mosaico. Ma ora una tenerezza dai labili confini si offre nella luminosità castana dello sguardo; oh, sí, questo ragazzo lo sa di Arturo, ma Arturo è lontano. Nei pomeriggi sulla strada bianca una bambina la guarda con il dito nel naso: dove vai Speranza cosí in fretta? La Chiesa ha grosse campane fra le nuvole e la corriera passa con un rombo scucito; al cinema la pellicola salta e si rompe, la luce si accende improvvisa sulle labbra: un'impermeabile umido scivola in terra. La meridiana scolorita è divisa da un lungo ago nero, «io non so leggere la meridiana, è sciocco, lo so, ma ogni volta mi dimentico». L'ombra si addensa sulla parete scrostata e la meridiana si spegne in tinte tenui, rossicce «è tardi». «Aspetta, aspetta ancora un momento...», mani calde e senza illusioni.

Sempre le nuvole le hanno dato sgomento. Forse

fin da quando era piccolissima e le nuvole alte sulla carrozzina volevano dire abbandono e solitudine. Ora cavalcano il cielo in una giornata ventosa mentre Arturo è chino ad aggiustare la motocicletta. Si è stesa e ha chiuso gli occhi, qualcosa è stato detto ma è inutile rivangare nelle parole, l'angoscia non è lí ma in alto, tra le nuvole gonfie di luce e se apre gli occhi le vede sprofondare nel cielo vertiginosamente alte. Veloci, mostruose. Gli uccelli sempre piú piccoli fino a sparire. Passeri, formiche sotto le gambe. «Quel gas, Arturo, smettila!...» la sua voce filtra attraverso le radici dell'erba, le tane delle lucertole; essere chiusa nell'oscura umidità degli embrioni, ho paura. Portami via, in un bar, in un cinema, in mezzo alla folla che spinge. Arturo ha posato la motocicletta e si è steso accanto, un filo d'erba tra i denti. Lo stelo ondeggia mosso dalla lingua: le parole si rimestano, salgono, scoppiano, scendono intorno allo stelo. Le nuvole passano, si stracciano. Il vento le trascina dietro gli alberi; un bambino è caduto, urla. Se ne vanno le nuvole da ogni parte ma altre arrivano e immense si disfano, inghiottono l'erba, l'urlo, la voce di Arturo. Vanno e vengono come lingue di freddo. Si sono alzati e le madri chiamavano i bambini infilando i lavori a maglia nelle borse, Arturo ha inarcato la schiena a rallentare l'andatura della motocicletta giú per la discesa e brontola contro la manopola del gas, contro di lei, «sei egoista...» Lei ha corso verso l'autobus gremito di visi smorti che guardavano la strada senza vederla, e una volta scesa si è messa a correre verso casa nella strada battuta dal vento in tutti i sensi. Le nuvole erano calate e sbandavano in brandelli tumidi di riverberi, il vento schiacciava i germogli.

Speranza passeggia nel grande viale alberato che dalla stazione porta all'albergo, sulla soglia del parrucchiere la saluta la manicure con il grembiule rosa. La commessa della pelletteria le sorride dalla porta «dica alla mamma di venirci a trovare, ci sono arrivate diverse cosette...» Le foglie dei platani si stendono immobili, il *maître* dell'albergo dice «qui è sempre fresco, è l'aria delle colline», ma le colline si perdono nella foschia.

La signora infiorata di imprimé siede nel salone moresco delle Terme e dalle vetrate spalancate guarda le aiuole sapienti del giardino «ah, ma niente da fare con il nostro giardino comunale dove ogni giorno cambiano la data sotto il monumento a Bellini, il cigno di Catania!» Un cameriere in frack ruota coppe di gelato con visciole, la signora si fa vento con un vecchio ventaglio di madreperla e come una rugiada il sudore gonfia la cipria; per venire ad ascoltare *ouvertures* d'opera. Speranza lecca il gelato, intorno a lei mosaici di opime donne discinte salgono in un'apoteosi di ghirlande, la signora domanda «studia? che studia? È fidanzata?» «Ma, fidanzata proprio, no...» la madre sorride. «Ah, ma allora qualcosa c'è, e guardi, si vede, si vede...» e il sorriso si spegne mentre seria viene a conoscenza di virtú e blasoni protendendo l'orecchio verso le labbra della madre; quel pianoforte con violini viole e violoncelli che fa un fracasso d'inferno. Il cucchiaino affonda nella pasta molle, mangia crema vaniglia Speranza per vendicarsi della noia.

Dorme in un letto di ottone che le ricorda quello dell'infanzia, unico legame familiare in quella stanza esposta a nord dove dalla finestra aperta arriva l'urlo della sirena che chiama al lavoro gli operai di uno stabilimento. Nel corridoio ampio e silenzioso si aprono porte bianche con una cornice in rilievo, chiavi dorate pendono pesanti di nappe viola. A volte mentre passeggiano la madre le stringe un braccio «Va piú piano, – le dice, – che passi lunghi che fai...», si ferma davanti alle vetrine «Ieri quella borsa non c'era». «Guarda, non c'è piú la cintura, l'avranno venduta...» «Bella quella sciarpa, vai dentro, chiedi quanto costa». Speranza entra e garbate commesse con un filo di perle al collo sono pronte ad accordarsi sul prezzo; ma quando esce la mamma è già andata piú avanti e la chiama per farle vedere qualcosa d'altro, incerta se varcare o no la soglia del negozio. Con una leggera pressione del braccio Speranza cerca di sospingerla oltre.

Legge *Guerra e Pace* stesa sul letto, a volte il libro resta aperto e lei segue il volo di una mosca o il disegno della coperta. La sua giornata scorre in un limbo dove signore senza età annebbiano il loro appassire con perle e smeraldi. Le meno abbienti portano topazi e cristalli di rocca comprati in un viaggio a Venezia, merletti all'attaccatura del seno dove la pelle confluisce inerte come stoffa spiegazzata. E i pensieri svagano fiacchi sulle paste sotto la campana di vetro o sul menu che il *maître* in coda di rondine porge nella orripilante compattezza della dentiera, a rispettosa distanza. E bisogna decidere in un tempo ragionevole se si preferisce pollo alla diavola o *tournedos* alla catalana, una *paillard* sempre possibile. Lo sguardo passa sulle tende con il pompon bianco, la grande qualità di quest'albergo è la pulizia; a tavola i tovaglioli vengono cambiati ad ogni pasto e tra le sedie *cannées* di stile veneziano diventano piccole piramidi immacolate intorno a tre garofani con un ciuffo d'asparagina. Una volta la madre le ha comprato delle sigarette che si chiamavano «Rosa d'Oriente». Ma poi era quasi pentita, perché incrementare un vizio che non c'è?

Nella giornata passano Natascia e Pierre, passa Andrey ferito a morte e la battaglia della Beresina; la vedova del generale le chiede sempre a che punto è arrivata e gode con lunghi sospiri. Come impigliato in questa rete torna il ricordo di Arturo che lancia sassi nel lago. Ma può essere geloso uno come lui, abituato a vincere sempre? Il sasso sull'acqua rimbalza cinque, sette volte, non vedete quanto sono bravo?

Si scrivono lunghe lettere e Speranza si consola pensando al regalo che gli porterà. «Compragli quello, – dice la madre, – se non ti bastano i soldi aggiungo io». Ma lei non si deciderà che all'ultimo e di corsa prenderà un temperino a tante lame perché Arturo è amante delle escursioni e quando gli altri si fermano perché non ce la fanno piú lui sale da solo su un picco e dall'alto modula lo jödl. Tanti giorni solo per decidere quel regalo, onde di tempo le vengono incontro e la inghiottono tra pareti grigio azzurre: mi allaccio una cintura, raccolgo le pantofole, chiudo il libro, esco a imbucare una lettera. La sirena urla la fine della giornata, io mi lavo le mani e raccolgo una cartolina caduta. A volte il fotografo dice «Alt, un momento», e sulla carta lucida le inchioda, lei e la mamma, tra i platani secolari di Salsomaggiore.

Michele e Adriana sono venuti a trovarle. Adriana si è stesa sul letto con una sottoveste di raso da cui la pelle scivola fuori opaca e di un bianco anemico, la testa è affondata sul cuscino con i capelli a corolla intorno al viso e Speranza è rimasta seduta sull'orlo. Tanta improvvisa intimità le ripugna. Come Adriana si gira la sottoveste si illumina ai fianchi; ha voluto l'aragosta ma il crostaceo un po' stantio le è rimasto tutto sullo stomaco. Michele tanto le ha decantato come si mangia nelle stazioni termali, lei è delusa. Si è alzata e a piedi nudi si è messa davanti allo specchio «Sto bene cosí?» Adesso è bella nel sorriso della grande bocca tra i capelli spettinati, le braccia esili e molli; forse cosí la vede Michele che la vuole sposare a tutti i costi. «Ho una mamma molto giovane, – dice, – noi siamo come due amiche, per voi è diverso...» ma voltata com'è non mostra compassione né compiacenza, solo il contorno luminoso contro la finestra «A Michele piace che io tenga i capelli lunghi». «Ha ragione Michele, stai meglio cosí...» È tornata a sdraiarsi sul letto, sorregge il viso nel palmo della mano, dice «quando Michele mi abbraccia...» ma Speranza è muta, ostile nel freddo pallore del viso e con un profondo sospiro Adriana rinuncia a ogni ulteriore chiarimento.

Quando escono l'aria fresca scende finalmente dalle colline. Deve aver piovuto da qualche parte, arrivano folate di vento e frastuono di uccelli. Siedono al caffè in piazza e ridono di vecchie signore infiocchettate. «Parlate piano, quella la conosco» dice la madre, ma vorrebbe ridere anche lei con loro. Si ferma la signora zoppa (caduta dalle scale nel '34, da allora sempre dei fastidi), e fa tanti complimenti, bello il figlio, bella la futura nuora e proprio fortunata la ragazza a capitare in una famiglia cosí, con tanto sentimento. Tra i capelli arruffati dal vento la guarda Adriana, che voglia di andar via in quegli occhi. Il cameriere tira fuori il resto tenendo alto il vassoio. «Dobbiamo andare altrimenti si fa troppo tardi» dice Michele. «Ancora un momento, per una volta che venite, volevo far vedere ad Adriana il negozio dei pizzi, sono una specialità di qui» dice la madre. Un pomeriggio che sta svanendo tra lembi di tovagliette blu.

In Chiesa la madre andrà quando loro saranno partiti, allora al braccio di Speranza salirà i gradini di pietra per pregare qualche minuto, perché si è fatto tardi e bisogna cambiarsi per cena. Ha rinfrescato e sarà bene mettere qualcosa di lana. «Per Michele, che il Signore l'aiuti, di' un'Ave Maria pure tu...» Speranza guarderà l'altare disfatta dal desiderio di andarsene, via, lontano da quella Chiesa dove la vecchietta già le ha viste e ora recita il rosario ad alta voce in attesa dell'elemosina e il sacrestano spegne le luci pestando tristi ciabatte. E il *maître* chiederà «allora, è rimasta contenta?» Sul letto ancora l'impronta di Adriana e il suo odore estraneo, di cipria e di fiato. La prima volta che era venuta a pranzo aveva detto che gli ebrei puzzano, «li sento da lontano ed è piú forte di me». Tutto questo mentre mangiava svogliata con piselli sparsi per il piatto; poi si era asciugata le labbra premendo il tovagliolo alla bocca. Pretendeva che suo padre fosse stato clandestino durante l'occupazione tedesca, girava con le tasche gonfie di manifestini dice, ma per gli ebrei è una questione fisica. Aveva bevuto un bicchiere di vino e le guance le erano subito diventate rosse. Per farle dispetto Giovanni si era allora messo a parlare di certe torture che facevano ad Auschwitz, con dovizia di particolari. Ma non l'avevano lasciato finire «perché a tavola, per piacere, a tavola non parlate di certe cose, a te Giovanni manca proprio il senso dell'opportunità...»

«Sei pronta?» «Sí, vengo». Trema l'anta dell'armadio e lo specchio riflette un'immagine composta dove i capelli lasciano scoperta la fronte. «Su andiamo, che se arriviamo tardi poi ci servono male». Le scale hanno spessi feltri rossi, la vedova del generale ha già finito e saluta uscendo per andare a prendere il caffè al bar; ondeggia il vecchio scialle algerino comprato quando suo marito era in Africa con De Vecchi, bei tempi quelli in cui negre chinate in terra slacciavano le scarpe alle signore. La mamma chiede «di che avete parlato su in camera, che ti ha detto? Ti sembra una brava ragazza?» «Sí, sí, sí...» foglie d'insalata scricchiolano sotto i denti. «Tutto facile sempre per voi, ma lo sai che il matrimonio è una cosa seria, impegna per tutta la vita?» Ancora intenta a indagare la madre per capire cosa ha trovato suo figlio in questa fanciulla adenoidea che è arrivata un bel giorno a prendere una tazza di tè e cercava di essere disinvolta porgendo la zuccheriera. Non è bella, non è ricca, non ha neanche finito il liceo ma Michele dice questa la sposo lo stesso, anche se non vi va bene.

Leggeri mantelli nella sera, polvere impalpabile di naftalina scivola sulla ghiaia. La ventata limpida lascia vedere le casette sulla collina e luci tremolano di paesi sconosciuti; negozianti delusi tirano giú le saracinesche. «Che bel ragazzo quel suo figliolo, ma tutti belli cosí i suoi figli?» toccano il braccio alla madre con gesto confidenziale. «Be' belli proprio, insomma... buoni, sí, buoni, non posso lamentarmi». Il portiere vestito di nero porge le chiavi come se offrisse decorazioni. «Vai tu mamma, io faccio ancora due passi» ha detto Speranza. «Da sola?» «Sí, comincia a salire». Un ascensore avviticchiato di ghirlande in ferro battuto solleva la mamma assorta nella contemplazione della borsetta. La luce del lampione illumina fiammiferi spenti.

È arrivata fino ai biliardini e con le mani in tasca si è messa a guardare le palle scorrere veloci sul marmo, un tonfo e sono nel fondo; è andata male anche questa volta. «Non gioca stasera signorina?» «No, stasera no». Mature signore poggiano le natiche compresse dai busti sugli sgabelli di finta pelle e si accaniscono contro l'avversa fortuna. Nelle vetrine sono esposti i premi che Speranza non è mai riuscita a vincere, una volta uno spruzzatore per profumo. «Via, ci provi...» e la ragazza allunga la mano con tre palle rosse. «No, grazie no». Se ne è andata e dopo lo sfolgorio dei lampadari di cristallo la strada le è sembrata nera, da non sapere dove mettere i piedi. No, stasera no... e le mani nelle tasche giocano con gli spiccioli; come improvvisamente la sua estate ha ripreso corpo e colore frantumando il vetro dell'acquario. La trappola l'ha chiusa nel sacco, il sapore è tornato improvviso in gola; fino a soffocarla. Scialli se ne vanno nella sera tristi e tarlati come vecchie piume di tacchino, code che piú non sanno fare la ruota e allargano ventagli tremanti nel buio dei platani.

Michele ha fermato la macchina sul piazzale e Adriana è corsa dentro a mostrare i regali, la cuoca ha buttato la pastina nel brodo e Giovanni è sceso a precipizio dalle scale, finalmente si mangia! Tonde fette di pane sono allineate nel cestino sotto il paralume di seta. «C'è una lettera per te». «Questo te lo manda la mamma, ti aspetta mercoledí». «Adone, ma cosa lo suoni a fare il gong se siamo già tutti qui, pensare ragazzo, qualche volta devi anche pensare». «Che freddo fa stasera...» Le frasi si intrecciano passando da uno all'altro con i grissini il vino rosso e il sale. Parole rituali che si depositano come una patina sugli oggetti (la brocca di ceramica, la fruttiera di Via Valadier), sui fiori e la frutta le pagode cinesi dei parati rappezzati con cura da chi conosce il valore del danaro. Voci caute e autorevoli abituate a contare i resti della spesa e le uova nel paniere di vimini; generazioni di donne sono passate lasciando un lume, la coppia di candelieri a zampa di gallina o il tavolino fumoir, hanno dipinto tralci di rose dove lo specchio si era incrinato. Una ha ricamato le tende trafiggendo con l'ago il telaio nei pomeriggi di sole, il profilo illuminato dal candore del lino: la Dotti bellissima rimasta «fantina». Bucando rose di filo tra ditali d'argento e matassine dalle mille sfumature, lei si era convinta «che bene come a casa sua non sarebbe stata da nessun'altra parte...»

«Tu Adriana che cosa ne pensi?» Si è raffreddata Adriana e starnuta salendo le scale per andare a dormire «È possibile avere una borsa calda?» chiede, nella fioca luce del corridoio si sente rabbrividire: un fondo cieco da cui sembrano salire memorie di lenzuola e sudari. Ride Maddalena della sua paura, ride forte, contenta, picchiando con le dita le ante scure degli armadi.

Michele in camera sua riordina i libri sparsi sulla scrivania, domani Adriana riparte e lui deve mettersi sotto a studiare. Il giorno che l'ha conosciuta lei beveva Martini, per farsi coraggio diceva. Aveva lasciato un ragazzo che l'amava moltissimo, «ma io no, è terribile, mi sono sbagliata!» Seduto sul divano l'aveva ascoltata con indulgenza nella contemplazione delle spalle magre col rilievo dell'osso della clavicola, i denti sporgenti di chi ha una respirazione difficile, un insieme fragile e infantile contrastato dalle labbra carnose; dal vestito giallo il suo collo sbucava lungo e curvo in avanti come sotto un peso troppo grande. Aveva perso un orecchino e insieme l'avevano cercato sotto le poltrone, in mano stringeva il compagno, «vengono da Parigi chissà adesso mammà che dice, sono suoi». Poi passava da una stanza all'altra per sfuggire il ragazzo che l'amava invano e un po' rideva perché troppo aveva bevuto; ma alla fine aveva pianto riempiendo di lacrime gli occhioni. E domani piegato al tavolino davanti alla finestra aperta sul pergolato Michele sforzerà le meningi sui calcoli in calcestruzzo. Per portare a giugno Adriana fuori la Chiesa a distribuire confetti in un chiostro del Quattrocento. La casa dove andranno ad abitare ha già le fondamenta, insieme sono andati a guardare l'impastatrice ruotare grigi nastri di cemento; l'appartamento loro ancora non esiste, sarà in alto, sotto il tetto, con stanze a mansarda e terrazze tutte in giro. Di là vedranno la cupola di San Pietro tra i gelsomini fioriti. Operai salivano e scendevano con secchi di calcina e urlavano tra i pilastri di cemento armato; ma è passato il tempo in cui gli operai con la loro pagnotta di cicoria toglievano a Michele la voglia di sedersi a tavola per tutta una giornata. Oggi lo studio è una macina che frantuma ogni velleità per espellerlo nuovo: ingegnere. Un budello angusto che non sbocca piú su prati irraggiati di luce ma su Adriana e un appartamento con maioliche fiorite nei bagni. Tanta fatica, un corpo grande e forte, begli occhi intenti e voce sonora, speranze, turbolenti pensieri, slancio, ira e ansia caleranno a riempire un calice di stagno. Una volta ha avuto per amante una signora e la signora lo aspettava fuori l'Università. Andavano al mare dove lei aveva una casa per l'estate con letti di bambini e canotti di gomma, loro erano soli e il vento spezzava i rami secchi delle palme. A volte sbattevano le porte e tremavano i vetri delle finestre, le imposte incancrenite dall'umidità si aprivano con uno schianto. La signora si infilava una lunga vestaglia svolazzante e cantava preparando il caffè.

Il giardino si stende tranquillo sotto la notte e gli alberi lo coprono di nero, tra le stuoie della legnaia il contadino scemo spiava i loro giochi di bambini. Il letto è preparato con il risvolto bianco del lenzuolo e le pantofole sono velate di talco, i grilli stridono tra l'erba e i gatti camminano sui tetti. Michele si sfila le scarpe e si lava i piedi per abituarsi ad essere un marito pulito.

I biancospini

Prima di uscire di casa ha tagliato un nastro bianco teso davanti alla porta, poi lasciando cadere le forbici è scoppiata in un pianto dirotto. Qualcuno dopo ha tolto in fretta quel nastro perché al ritorno non c'era piú. Voci, rumori, angoli oscuri penetrati nei sensi si perdevano dietro a Speranza mentre scendeva le scale sollevando con una mano l'orlo del vestito bianco.

Un fascio di luce soffiato di pulviscolo l'ha avvolta improvviso tra le navate; una bambina si è sporta tra falde ampie di cappelli per vederla meglio. Speranza cammina senza peso e senza spessore come un'immagine di carta sospinta dall'organo. Nel merletto del vestito si intrecciano margherite e in grembo si aprono i fiori d'arancio, doppie file di garofani bianchi retti da gambi di filo di ferro corrono la penombra dove il sole lama dall'alto rigido e polveroso. Una Chiesa aperta solo per gli sposalizi e nel giorno del Santo Patrono. L'organo agita ragnatele: altre spose si sono toccate il velo o hanno premuto le ginocchia sul cuscino di velluto senza scuotere la morta solitudine delle colonne romaniche o l'odore pietroso di tomba. Un chierichetto rosso suona il campanello e il Monsignore si gira dando le spalle all'altare: le cartilagini severe del naso ammoniscono ancora, nella vicenda che sta avviandosi a felice conclusione lui ha svolto il ruolo di consigliere spirituale e dietro grate viscide di fiato o tra il freddo legno delle sagrestie è stato il controllore e il moderatore di troppo bollenti ardori. Non sempre, ahimè, ascoltato. Ora volge palme aperte e parla di santi maritalmente santificatisi.

Voci le sussurrano dietro la schiena, tramestio di una stazione dal vagone chiuso, le voci delle infermiere nella sala operatoria. Le frasi di rito cadono con la fede nel piattino: labiali, aspirate, dentali, gutturali una appresso all'altra velocemente giú sul metallo. Un flash atroce di fotografo. Ma la memoria è piccola, inerme, quella mattina si è disfatta in un opaco lucore e sarà inutile cercarne le impronte o il marchio duraturo che dovrebbe segnare la pietra della vita come le immagini incise nei pavimenti delle Basiliche.

La folla è entrata a ritmo di trotto nel salone del Grand Hotel: berretti piumati, mantelli variopinti, oro e argento. La cameriera rabbrividendo nel tailleur con le calze di nylon sulle gambe un po' storte (da quando aveva dodici anni in piedi a stirare tutti i pomeriggi), si è fatta vicina alla cuoca emergente da un collo di volpe argenté che era della signora prima della guerra e tutte e due si sono tirate da parte per non essere travolte dalle signore che vanno su e giú per assaggiare di tutto. Speranza si è tolta il velo e ha tagliato la torta, le amiche l'hanno baciata con lacrime di commozione all'orlo delle palpebre poi sono andate a vedere i regali esposti sui tavoli. I confetti scivolano come sassolini giú dal cucchiaio, un suono secco. Speranza solleva la coppa di champagne e lo champagne passa in gola senza dissetare, acidulo, quasi amaro.

Vecchie dame sfiorano la guancia imbellettata contro la sua, Speranza rabbrividisce al fuggevole contatto contro petti prorompenti molli e caldi dove le briciole di *vol-au-vent* si impigliano nei brillanti agganciati alla scollatura. Anche la sarta è venuta con triplici fili di perle; le sue clienti la salutano e abbozzano un sorriso condiscendente e grato, ma non troppo, per la donna che su tappeti di moquette si inchina ai loro piedi per segnare orli di gesso e ora saluta tutti con una rosa sul seno.

«Sei stanca?» «Vuoi bere qualcosa?», la madre la sfiora con gesti e frasi logorate dall'uso, poi si perde, ritorna, raccoglie lo strascico pestato. Ma Speranza è pallida con larghe ombre intorno agli occhi, oggi una torta come una piramide divide a fette la felicità e questa torta lei taglia con mani gelide e inesperte. «Speranza!» Si è voltata con occhi stanchi e radiosi nel merletto bianco: una favola, lacerante nella sua fragilità.

Il padre si è sporto nella macchina e ha stretto fra le dita il suo viso fino a farle male mentre Arturo sorrideva un po' imbarazzato, la millecento nuova col motore già acceso. Sventolano all'aria le code nere del tight, Speranza bacia quella mano, ma adesso padre voglio andare via, voglio andare a Firenze, stacca le tue dita dal finestrino, sí, sí, sono felice... Quasi le fa paura questo padre con cosí tanto amore, ora devo andare, devo... Una mano pallida, nodosa, dalle unghie spesse (Chi me le taglia queste unghie?) Una mano dai mille gesti cristallizzata nell'atto di afferrarsi al vetro infrangibile di una millecento blu. Ancora ha salutato in mezzo alla strada, incurante della gente, levando alte sopra la testa le lunghe braccia magre.

Giovanni ha accompagnato al guardaroba signori alla ricerca del cappotto e sul nero del tight spiccava il biondo dei capelli. Lui non ha visto Isabella e Antonio entrare insieme ma quando ha girato la testa al tocco di una mano sulla spalla ha incontrato gli occhi azzurri di lei, il suo largo sorriso; e dietro era Antonio con la sigaretta fra le labbra. Stavano presso un'ampia vetrata chiusa da una tenda leggera e la luce cruda illuminava il viso senza trucco di Isabella, tracce di forfora sul paltò scuro. «Antonio ci verresti a Dachau?» ha chiesto improvvisamente. «A Dachau?» «Sí, a Dachau... la settimana prossima...» «Ma tu sei matto, io ho l'esame fra dieci giorni», magro Antonio con una giacca di tweed e una camicia celeste. Fra loro Isabella ride come fosse uno scherzo «Ma che ci vai a fare a Dachau?» «Cosí, hanno organizzato un viaggio... ma probabilmente non andrò neanche io...» Ha finto di non vedere le loro dita che si intrecciavano mutando continuamente di posizione in una ininterrotta carezza. Poi hanno parlato di Università e di cinema in piedi uno di fronte all'altro, Isabella ascoltava distratta. A quel matrimonio sono venuti solamente per Speranza, loro detestano le cerimonie, si amano, ma per il loro amore hanno bisogno di alberi e panchine, passanti indifferenti all'usura dei cappotti, scricchiolii di ghiaia per sottofondo alle parole.

Finita la festa Giovanni ha piantato in asso le ragazze con i confetti nella borsetta che lo prendevano sottobraccio «Giovanni mi dài un Martini?» Ridevano quando lui rideva, gli chiedevano una sigaretta, una fetta di torta «Giovanni domani ci vieni a teatro?» Tornato a casa si è cambiato d'abito ed è andato a cercare una prostituta a Via Salaria lungo le mura deserte di Villa Savoia. Lo stesso tratto di strada che facevano un tempo le sorelle a passeggio con la signora Olteanu. Ma mentre la macchina rallenta e i tacchi frettolosi della donna battono sul marciapiede, Giovanni non pensa alle sorelle o alla signora Olteanu o al bando di Kesselring, ma ad Antonio e Isabella a passeggio sul Lungotevere in quel sole invernale opaco sulle schiene dei pescatori fra rive bianche di travertino.

La madre ha riposto i gioielli e si è stesa in vestaglia sul letto: la stanchezza gela le ossa, batte nelle tempie mentre la sveglia di smalto stacca i secondi di un nuovo silenzio. «Maddalena!» la voce si alza come uno squarcio.

Siede Maddalena nella penombra carezzando con il dorso della mano il pelo lucido del plaid e la madre solleva la testa dal cuscino «Anche tu devi essere stanca, – dice, – perché non ti sdrai un po'... Saranno già quasi a Prato, speriamo non corrano troppo...» Su e giú per le curve di Radicofani. Era vestita di rosso Maddalena e neanche si è accorta quando Antonio e Isabella sono arrivati insieme. Tanto lo sa che ora non si lasciano quasi mai e dove va Isabella va anche Antonio. Lo so, lo so... e il suo sguardo è sceso condiscendente sul paltò un po' vecchiotto di Isabella, questa trascuratezza che tanto piace ad Antonio. Non si è mischiata, no, Maddalena, con i falsi profeti; lucide scarpe di coppale la tenevano ritta sulla moquette vermiglia tra giovanotti che le facevano la corte, tutt'al piú scherzavano con le perle che portava al collo. Occhi come caleidoscopi componevano disegni perfetti. «E gli esami, – ha chiesto, – come vanno gli esami?» le labbra aperte sui denti in un sorriso appena provocatorio: vedi Antonio come ti guardo mentre stringi le dita di Isabella e sembrate unirvi nel sorriso, occhi negli occhi. «Avete avuto la torta?» Maddalena sa che passano ore seduti nelle latterie a tenersi la mano, si baciano tra un passaggio e l'altro del lattaio mentre i crepuscoli si spengono rossastri sui loro visi. E piú che saperlo lo immagina, ma che importa? Poggia i piedi sulla traversa della seggiola e tranquilla siede nella visione inalterata dei suoi oggetti. Era splendida nel vestito rosso, e Antonio certo se ne è accorto; Isabella non reggeva al confronto. Tutta una vita spalancata davanti con spille da infilare nel *revers* del collo, orecchini chiusi con uno scatto al lobo roseo dell'orecchio. A volte quando si guarda allo specchio rimane in contemplazione del suo viso e una gioia intima e profonda le altera il respiro. Quale ricchezza da conservare per la sera piovigginosa in cui sua sorella si è sposata la camera vuota con scatole vuote e la madre si sente vecchia senza piú desideri, stesa sul letto ha sclerotidi gialle di stanchezza fra orli di bistro.

Speranza ha portato dalla Spagna borse di pelle e lame di Toledo. La tramontana gonfia le lenzuola stese sui terrazzi e Arturo suona «*Au clair de lune*».

Giovanni ha rispolverato la collezione di francobolli di quando era bambino e ha detto che ci sono dei francobolli piuttosto rari che adesso valgono un sacco di soldi. Tutti si aspettavano che li avesse venduti invece ha comprato dei nuovi album per metterli a posto e se li porta perfino in gabinetto. Anche il progetto di andare a Dachau è sfumato come tanti altri; forse a Giugno, quando avrà finito gli esami. Se non cambierà idea un'altra volta. Stavano a tavola il giorno che aveva annunciato di voler partire e gli spaghetti erano serpeggiati giú dalle posate di portata mentre lui parlava di questo viaggio di tre giorni in terza classe con un gruppo di israeliti. Il sugo aveva macchiato la tovaglia.

Poi studia cosí regolarmente che la madre sospetta ci sia sotto una ragazza, alla base di questi cambiamenti ci sono sempre loro, le Grazielle o le Simonette o come altro si chiamano le ragazze nate al tempo della guerra d'Africa. Glielo ha chiesto, «certe cose le mamme le sentono, come un presentimento, ascoltami un istante...» il suo sguardo cerca di penetrare la fronte liscia del ragazzo chino su di lei a darle la buonanotte mentre la *liseuse* si apre sulla camicia a mostrare la maglia di lana: nel cono di luce schermato dal giornale i capelli sono pettinati e ancora scuri ma la carne si allenta incolore, una borsa di gomma stretta al petto in quel colloquio confidenziale con il figlio nel silenzio della notte. «No, non c'è nessuna ragazza, almeno nel senso che intendi tu, proprio nessuna». «Perché io sarei contenta sai, purché fosse una brava ragazza». «No, te l'ho detto, non c'è nessuno, studio per farla finita, non ti basta?» Dopo l'ha baciata con tenerezza, aveva odore di canfora, la pomata contro i dolori reumatici.

C'è una voce nuova al telefono che cerca di Maddalena anche due volte in un giorno. È una vocetta secca e precisa che intimidisce Adone, neanche osa chiedergli chi è. A volte Maddalena si fa negare, altre risponde chiudendosi dentro lo studio perché non vuole che qualcuno l'ascolti. La madre non ha il coraggio di fare troppe domande, già si è messa in testa che Maddalena resterà zitella. Un carattere troppo difficile, non le va mai bene nessuno. Intanto Maddalena si è iscritta a una corso di infermiera dove impara a fare le iniezioni sulle natiche dei malati poveri; ha una divisa bianca con il velo e le calze bianche e quando esce sembra la Principessa di Piemonte dice il padre, ma molto piú in bello.

Di questo giovane si viene a sapere che ha trentadue anni ed è avvocato. Avvocato commercialista. E un pomeriggio che viene a prendere Maddalena la madre riesce finalmente a vederlo dalla finestra: una testa un po' oblunga e già rada di capelli, una millequattro color amaranto. Cosí Maddalena viene timidamente incoraggiata a uscire, l'avvocato predilige i ristoranti raffinati dove ordina vini francesi e protesta se tutto non è piú che perfetto: una volta ha chiamato lo chef e con la sua vocetta secca lo ha fatto impallidire. Ha soldi in tasca che spende volentieri ma sta sempre attento a non restare fregato. Maddalena si lascia invitare e balla con lui nella penombra violetta, le piccole dita fredde sfiorano la nuca ben rasata dove i capelli sono puntini neri distinti uno dall'altro e la sua tempia sente finalmente il calore leggermente umido di una guancia maschile. «Già è molto, – dice la madre, – in questi ultimi tempi, dopo il matrimonio di Speranza, è diventata ancora piú scontrosa, e se uno le dice di essere gentile o altro neanche risponde, che sia frigida?» Ma il padre certe cose non vuol nemmeno sentirle dire. Comunque del suddetto avvocato Maddalena non ne parla male, anzi non ne parla affatto. Si chiama Pietro e speriamo non torni indietro.

Le mattine sono nebbiose e gli alberi gocciolano tra i lampioni ancora accesi mentre Adone guida la macchina fino al Gianicolo, ai mercati le donne in scialli grigi rovesciano ceste d'arance sui banchi e l'acqua schizza sotto ai parafanghi. Maddalena saluta Adone e va a portare la sua immacolata bellezza tra vecchie malandate e brune ragazze meridionali dai grandi occhi tristi nei visi giallastri, odore di caffè cattivo e di biancheria mal lavata. Il corso dura sei mesi e dopo si sa come curare una polmonite, un ascesso e una calcolosi biliare, e quali sono i sintomi delle malattie renali. A casa quando qualcuno sta male chiedono subito a lei, la sua nuova esperienza a disposizione della cuoca del portiere e anche di qualche amica della madre che soffre di costipazione intestinale.

Uscire con Pietro le piace, vanno in posti eleganti e Maddalena si veste con cura guardandosi nello specchio perfetta nei particolari come una statua di cera nel museo di Madame Tussaud. Ma a volte, quando Pietro telefona, chiusa in camera dice «no, digli che sono uscita». La madre resta incerta «ma gli ho già detto che c'eri...» «di' che ti sei sbagliata, non ci vado». La madre torna al telefono «Scusi, ma non mi ero accorta che era uscita». «Niente, niente, richiamerò». Laconico, come se avesse capito che qualsiasi insistenza peggiorerebbe la situazione. E quando alla fine Maddalena si schioda dalla camera, tra i capelli in disordine gli occhi guardano ispidi e diffidenti. Su e giú per casa il suo passo pesante minaccia oscuramente ribellione. Perché poi, fa tutto quello che le salta in mente... Sprofondata in una poltrona con le gambe tirate su come i gatti noiosa si lamenta per tutta la sera che non ha voglia di studiare, che idea questa del padre di farle fare per forza l'Università, poi una si sposa e a che serve tutto quello studio? «Guarda Speranza, adesso aspetta un bambino e deve andare a fare l'esame con la pancia, che orrore!»

La pioggia batte sulle lamiere della millequattro, scivola sul parabrezza, il braccio di Pietro poggia allo schienale mentre lui parla sottovoce muovendo appena le labbra; Maddalena respira odore di colonia e nella semioscurità vede splendere i gemelli dei polsini. Pietro non ha fretta, può aspettare se lei si sente ancora incerta, gli basta uscire insieme, vederla qualche volta la sera. Altre macchine si fermano con una sterzata brusca sull'asfalto, Maddalena guarda le gocce d'acqua scomporsi e deviare lungo il vetro tra le luci rifratte della periferia lontana. Pietro si gira sul sedile per fissarla in viso e le tocca un cagnolino d'oro sul risvolto del paltò, glielo ha regalato lui, gli fa piacere che lo metta. Porta calzini lunghi e le scarpe sono lucide nonostante le strade piene di pozzanghere, la mano sale sul collo e le carezza fresca la nuca, Maddalena gioca con le chiavi della macchina, i guanti scivolano sul tappetino di gomma. Ecco, ora sta bene cosí, non vorrebbe tornare piú a casa; Pietro la bacia su una guancia «Vedi, – dice, – devi solo aver pazienza».

Odore di cancrena, di mele e bucce d'arancio. L'ago entra in natiche molli. Le ripugna. Fuori la gente cammina per strada, ride e scherza, le ragazze nei letti con le mani aggrappate alle sbarre di ferro smaltato portano addosso lo squallore delle baracche, i mucchi di immondezza, i pianti dei ragazzini di quando andava a fare le visite della San Vincenzo portando una sporta piena di pasta come Daniele nella fossa dei leoni. Che c'entra lei con queste donne che tutti i giorni le chiedono se ha comprato i fumetti e nascondono la frutta per averla due volte. Esce sulla terrazza da dove Roma dilaga nella tempera diluita delle vecchie case e respira a pieni polmoni l'aria tiepida di tegole per levarsi di dosso il loro odore di saliva e miseria. La sera Pietro passerà a prenderla e Maddalena salirà in macchina attenta a non sgualcirsi la gonna, ordineranno vini d'annata poi lo chef elaborerà l'*omelette flambé* sul fornello a spirito. Pietro discuterà su una salsa tartara che tartara non è inchiodando la sua attenzione ai granellini di riso da cui sbucano, rosei, i gamberi.

Il tuo destino Maddalena è già composto come un

mosaico nella mente liscia dell'avvocato trentenne; e questo tempera il disgusto mentre le scarpe di gomma bianca vanno su e giú senza rumore, infilano passi, pause, rapide corse per i corridoi di linoleum.

La passiflora incarnata

Siede Vera con le mani molli congiunte sui pois della gonna, a lei l'inverno ha portato solo una supplenza dalle suore. La forfora si attacca opaca alle spalle mentre sotto il noce si evocano aigrettes e fiori d'arancio, broches di brillanti; sempre piú profondo il solco che la divide dalla tenuta dove pascolano i cervi dalle corna d'oro. Non si riesce piú a ridere a squarciagola o litigare e la tristezza scende obliqua con il sole del pomeriggio. Silenziosi vuoti in cui guizzano grige le lucertole.

La casa si impolvera dei suoi mattoni rossicci e i calcinacci formano una collinetta davanti all'ingresso di servizio, il secchio sale e scende attaccato a una corda mentre il Remo e il suo aiutante in bustina di giornale schizzano di calcina le mattonelle del pavimento per far posto a mariti presenti e futuri, bambini in arrivo. Si buca alla ricerca delle condutture dell'acqua per ricavare altri bagni perché tutti ora vogliono essere puliti e lavarsi nella propria vasca.

Eppure quando la nonna prendeva il bagno si metteva una tinozza di zinco a scaldare al sole e nell'odore dei pomodori e delle pere l'acqua rifletteva il cielo. Nel silenzio delle mattine qualche insetto cadeva giú e nella sua lenta agonia navigava nell'azzurro tra cerchi disperatamente tiepidi. Poi la Pia e la Cecchina sollevavano la tinozza e l'acqua sciabordando schizzava le mattonelle porose bagnando i piedi delle ragazze. La nonna vestita di bianco aspettava sulla soglia e sopra la sua testa la curva sottile della mezzaluna portava una scritta latina: *Per aspera ad astra*.

Il padre scende in paese al braccio di Speranza e nei rintocchi del campanile calano i primi pipistrelli folli e ciechi. Saluta toccandosi appena il cappello e Speranza sorride raggiante nei vestiti lenti ai fianchi, abbronzata dal sole della sua villa al mare. Si dice che quella villa abbia un giardino di mille aranci e una poltrona sulla quale è stato seduto l'ultimo Re delle due Sicilie. Camminano nel tramonto di settembre lungo la strada dove una volta il ragazzo che aveva il pallino del rugby svoltò in una nuvola di polvere promettendo di ritornare. Quel bambino in grembo già si muove, a volte Speranza ha il respiro interrotto poi riprende il sorriso, l'ho sentito, e la gioia si allarga rossastra nel crepuscolo sull'orlo lontano delle Alpi.

Le zie salgono su per il viale nelle lunghe vesti scure, date e nomi sfuggono ormai dalle loro menti e neanche riconoscono la moglie dell'uno o il marito dell'altra finendo cosí per salutare l'operaio venuto da Alessandria a montare il bidet. Sedute sulle seggiole e dimenticate nell'ombra con occhi glauchi di cateratte rimangono a contemplare il grembo, nelle rughe racchiusa una memoria sbiadita e caparbia. Sempre piú sole nel loro giardino di noccioli con l'erba che cresce sotto i sedili di pietra loro litigano a voce alta perché sono sorde.

Vengono a pranzo e siedono sotto la volta dipinta: stagni blu, boschi e castelli dalle torri merlate, favole immutabili sul masticare inesorabile di tante sepolture e battesimi. Speranza beve il vino rosso delle colline e con Arturo lo versa sul capo ancora informe del loro bambino, lei è come arrotolata su questo pensiero e il bambino splende nel biondo degli occhi. Adone passa con il Mont Blanc – incomincia a perdere i capelli Adone ma la madre che tanto si preoccupa del celibato di Giovanni per Adone dice meglio cosí – e le poderose mani da contadino chiuse nel filo bianco dei guanti porgono un dolce denso di castagne e rhum che oltre a pesantemente nutrire, ubriaca. Dallo spiraglio della porta la cuoca spia l'ingresso fastoso della sua opera.

Tace Michele e la sua mano regge la forchetta d'argento che dal nonno è passata al padre e dal padre passerà a lui; Michele fuma tra una portata e l'altra annebbiando la conca gialla del paralume. «Che vizio, – dice la madre, – e poi la notte ti sento sai, ti sento fin dalla camera mia tossire...» «Ah sí?» le parole scivolano via, le sigarette Michele le consuma fino a lasciarne una cicca lillipuziana, un'abilità tutta sua particolare. Dita nervose brune di nicotina. Cosí composto Michele nelle sue camicie bianche, a volte sembra non capire piú quando si scherza. «E poi sai che stai diventando reazionario?» «Tu, sí, proprio tu...» Occhi fermi, pietre dure nel suo cervello lucido, Michele è oggi un ingegnere che sale e scende da una macchina nera con una cartella da ufficio. Il coltello cala a fendere la pasta autunnale di castagne, quasi un molle amalgama di foglie rossastre; fuori la pioggia ha ripreso forza incanalandosi giú per i tombini. Il grappolo d'uva affonda nella vaschetta di ottone dove le pecorelle stupide e mansuete continuano a inseguirsi nel desolato annaspare della forbicina. Dio quanto è dura, aveva detto una volta l'aspirante giornalista afferrando una pera, questa andava bene per il ragazzo di Portoria. Gli acini sprizzano sotto i denti; le zie un tempo avevano nel loro salotto un grappolo d'uva di vetro appeso al lume e nella trasparenza della luce mielata del pomeriggio quel grappolo diventava di una bellezza dolorosa e irraggiungibile.

E un giorno all'ombra del grande noce è capitato in visita un vecchio amico del padre, uno di quelli che avevano scorazzato con lui nei campi ma che non ne aveva voluto sapere di latino o di altre simili diavolerie. Si è seduto con il cappello in mano e il padre ha fatto sturare una bottiglia di quello buono perché questo compagno d'infanzia, di latino no, sono un bel ignurant, ma del vino conosce ogni annata. Lo hanno ascoltato parlare divertiti dall'allegria un po' scomposta del padre mentre il Duarden ricordava le loro corse per i campi con le noci nascoste nella camicia o i filari squassati da quei due ragazzetti con la testa rapata e le brache strappate dai pruni. Doveva essere cosí il padre quando stornellava col flauto e le zie già quasi zitelle a urlare dalla finestra di smettere. «Eh, Duarden?» Il Duarden si lecca i baffi bagnati da tanto vino biondo e dolce, non osa piú rispondere col tu a quell'anziano signore che da ragazzo pigliava a calci in culo e i suoi miti occhi scoloriti dagli anni adorano e ammirano come si diverte il vecchio ingegnere a ricordare i giorni passati insieme. «L'era un masnà, con due oci, pfuh!» e apre cinque dita a dimostrazione di raggi perduti nel tempo, occhi azzurri e vividi nell'indistinto magma del ricordo. I figli vogliono che il Duarden racconti, racconti ancora; ma accontentatevi del suono di questa allegria, di questa storia zoppicante con profonde lacune, che posso io povero Duarden che ho perfino dimenticato in che anno mi sono sposato... «Belli questi figli, e anche bravi, anche bravi, lo so...» E passando a raccontare i fatti di questo e di quello ha detto che la Piera non è piú in paese, il fidanzamento andato a monte lei ha voluto migrare in città, a Torino, a fare la commessa da una cugina che ha un negozio di alimentari. «Mica a tutte va bene, a quelle che si mettono in testa di sposare dei signori...»

Il padre non ha rilevato il commento o forse lo legava ancora alla faccenda di Michele, cosí la storia di Piera è passata tra loro allegri sotto il noce come una fotografia nella quale non si riconoscono piú i personaggi. Una notizia qualsiasi, come la figlia della Rosetta che ha avuto il morbillo. Quando il Duarden è andato via scendendo lentamente fra le settembrine, le sorelle hanno detto ad Adriana che questa Piera è stata l'amore giovanile di Michele, ridendo hanno ricordato che il fratello voleva farla educare in collegio. E mentre il Duarden varcava il cancello anche Adriana rideva di Michele trovato a scavalcare la finestra sotto la luna con una coperta sul braccio.

Ma Piera è andata con la sua storia a Torino nell'odore del salame e della fontina, a incartare affettati con un grembiule bianco; e a Torino troverà marito perché molti clienti la guardano e con una scusa la fanno uscire dal banco per vedere le gambe. Fuori incrociano macchine in un frastuono continuo perché la cugina ha il negozio in una buona zona, una periferia in continua espansione dove i ragazzi fanno merenda con il prosciutto e una forma di parmigiano va via in due giorni. Quando Piera vede dei bambini in braccio alle madri domanda sempre quanto hanno, anche il suo bambino forse ora sarebbe come questi. Quel bambino cosí mal concepito e subito raschiato via da una levatrice compiacente.

Di quel bambino Giovanni non ne aveva voluto sapere e alla Piera non aveva mai risposto. Adesso è in riviera dove un amico ha una villa sugli scogli e al mattino fa colazione su tovagliette ricamate a punto Assisi mentre il mare immobile si taglia nelle foglie dei limoni. Che settembre! Sotto la chiglia del motoscafo l'acqua sciaborda compatta sui sassolini e un pescatore cerca i polipi affacciandosi a un secchio col fondo di vetro. La sorella del suo amico ha un viso liscio e rotondo di sonno e una fetta di pane e burro tra i denti: «tè o caffè? scusa non me lo ricordo mai...» Questa ragazza a Roma gli aveva detto vieni, vieni a trovarci, abbiamo un motoscafo nuovo, e mostrava la fotografia dove lei stava stesa a prua in un fiorato bikini. I limoni hanno frutti bellissimi, lunghi e pesanti.

Con lei scende tra le agavi e la ragazza dondola una maschera azzurra, poi insieme nuotano fino alla punta. La ragazza si diverte a guardare il fondo reggendo le braccia allargate a pelo dell'acqua, e gorgoglia e gorgoglia e vede cose meravigliose. Un corpo magro, liscio, lo tocca poco perché ogni volta gli sembra quasi di stuprare una bambina.

E altro non c'è nella riviera che si sveglia tardi al mattino, tra i castagni sul lungomare variopinto di malinconici cappelli di paglia che non si venderanno piú. C'era un tempo in cui Giovanni voleva andare dall'ingegnere Wiesenthal per aiutarlo a ricercare i criminali nazisti, invece è finito a comperare i gelati alla ragazza o a tirarla per mano lungo la salita tra panchine volte sul mare. La sera lei dice «dài alzati, facciamo qualcosa...» Lui la porta a ballare e la ragazza non può star ferma seduta quando l'orchestra suona ma pesta i piedi impaziente scuotendo il ghiaccio nel bicchiere del whisky, le canzoni ormai le conosce tutte a memoria.

L'amico che ha scoperto la pesca subacquea è sempre a fare su e giú con una pinza al naso per non avere male alle orecchie «Prova anche tu, – dice, – vedrai com'è divertente!» Giovanni si tuffa e attraverso la maschera guarda le alghe ondeggiare come capelli nei sogni; i pesciolini fuggono a raggera all'avanzare cadaverico della sua mano. Ma già l'amico lo tocca su una spalla perché rivuole il fucile. La ragazza è emersa con lui e chiacchera, ancora chiusa nella maschera azzurra, il naso schiacciato sul vetro e gli occhi sgranati, parla e parla. Forse il linguaggio dei pesci, forse quello degli uccelli. Il flebile sibilo delle zanzare sul canale.

Sulla pietra porosa forata dai molluschi mentre l'acqua gocciola dalle ciglia e l'amico è di nuovo giú ingrugnato con i suoi pesci, la noia ha stretto il laccio. Una mattina ferma, dura, una lastra di vetro nella quale Giovanni si riflette serio, assente, gessoso.

La carne è stata lacerata e il sangue ha imbrattato tele e camici, il dolore ha schiantato le reni. Brutalmente immessa in una realtà animale una lampada ardeva tonda per illuminare lo scempio del suo corpo. Padre tu non eri là, mi avevi abbandonata. Ero sola mentre precipitavo nel dolore, una palla di fuoco sopra la mia testa a sbranare le membra. Il bambino che è nato era morto.

Dopo l'hanno adagiata tra le lenzuola fresche del letto ma quel bambino ha continuato a pulsare in lei tutta la notte. Libera e dolente tra voci gentili che la confortavano e Arturo che le reggeva la mano, Speranza non provava piú niente; solo dentro batteva batteva. Quello che doveva essere eterno era invece putrido fondo, la carne incorruttibile già cominciava a decomporsi. La morte scorreva nelle vene, e non era solamente la morte del bambino ma la sua e quella dei figli che ancora avrebbe dovuto avere.

Schiudevano la porta della stanza su uno spicchio di luce nel corridoio e le posavano la mano fresca sulla fronte, «sia brava, sia brava, – dicevano, – stia calma». Arturo si era addormentato sul divano con una coperta addosso, altri neonati piangevano con strilli acuti, una suora è entrata portando un sonnifero. Era bianca nella trasparenza del vano luminoso e il bicchiere in mano splendeva come argento: *Alleluja al-*

leluja è nato il sovrano bambino, la notte che già fu sí buia risplende di un astro divino... Stelle di porporina si sfaldano giú nella gola, con tenaglie d'acciaio hanno strappato le viscere a Maria e nella mangiatoia hanno deposto un viscido rospo.

Le hanno cambiato la camicia, lavato il viso sporco di vomito e con talco e acqua di colonia hanno in fretta cancellato le tracce di questo passaggio nel mondo. Fasciata da candide lenzuola, due cuscini a sorreggere la testa, le voci sono tornate gentili, i passi, i gesti, i colori pastello della camera. Ma come dimenticare lo stridio dei ferri, mani mostruose e violente, prevaricanti. Sopraffazione e paura hanno un suono sordo che si prolunga nella linda notte di clinica tra il pianto di un bambino e il passo della suora, l'acqúa che scende nella gola.

Non è per il bambino che mi importa, adesso di lui non mi interessa piú niente. Quando era dentro e lo sentivo muovere pensavo a una cosa gentile e tenera che palpitasse in me; ma nella lotta tremenda dei nostri corpi si è distrutto, è diventato bestia, fatto orrendo che di colpo mi schiantava. L'hanno portato via in fretta nella notte, penso che l'abbiano incartato e buttato via come i feti che si trovano nelle spazzature rovistate dai cani.

Un'infermiera è venuta con la siringa e dolcemente ha scostato la coperta per farle l'iniezione, poi rimboccando il letto le ha sorriso. Aveva una cuffia bianca e un grembiule bianco, con tocco lieve ha spento la luce; odorava delle tuberose che mettono nei corridoi perché non diano fastidio la notte nelle camere delle partorienti. Arturo si è girato nel sonno e la coperta è scivolata via dalle spalle mostrando la camicia bianca tutta spiegazzata. La sera aveva la barba lunga e girava senza scopo con un thermos di caffè in mano.

Hanno portato Speranza a casa dei genitori perché possa dormire senza sentire il pianto dei neonati e non veda madri dai seni prosperosi girare in vestaglia con un bambino in braccio. Le hanno fasciato il petto per non far scendere il latte e il petto le fa male, scherzano con lei e nascondono in fretta bavaglini e camiciole senza afferrare che Speranza è indifferente a tutto questo. Come un animale ferito lecca le sue piaghe. È la medesima stanza dove la portavano bambina quando era malata e lei un tempo prendeva in mano l'orologio di smalto e lo premeva al viso bruciante di febbre. Ma Speranza non ha la febbre, è fresca, pallida, guarda la stanza senza che gli oggetti possano darle altro che tristezza, l'incantesimo è rotto, le sensazioni perdute per sempre. Questa stanza è tetra, tetra la luce troppo alta sul comodino, tetri gli spigoli degli specchi molati dove la luce si rifrange scomposta in bagliori rossastri. La casa come una gabbia la chiude nella sua usura.

La madre le porta il vassoio del pranzo e la incita a mangiare, «non devi fare cosí, devi farti coraggio, sei cosí giovane, vedrai quanti ne avrai di bambini...» Speranza alza lo sguardo dal purè di patate, gli occhi grandi e asciutti sono incapaci di indulgenza: la madre ha un viso gentile e distratto, l'affanno perché ha fatto le scale. Anche lei ha partorito quattro figli con sangue e dolore ma adesso come una bambina invecchiata gioca con i coltelli.

Speranza si è alzata e si è messa a guardare dalla finestra giú in istrada, Arturo viene a trovarla ogni giorno e ogni giorno le dice ti trovo meglio sai, molto meglio. È uscita in una giornata di sole camminando piano al braccio della madre perché la ferita le fa ancora male. È tornata a casa sua e nel camino la legna era pronta per essere accesa. Fra poco è Natale, e seduta accanto al padre prepara festoni rossi, la carta si snoda dalle mani come un serpente. E per lui, salito su a trovarla dopo una giornata di ufficio, Speranza ricostruisce in fretta Speranza. Ma il padre non c'è ai risvegli lungamente amari smarriti su pareti chiare dove lei annaspa a lungo prima di ritrovare i fili sparsi delle abitudini. Hanno smosso il fondo, l'acqua è torbida. Dopo Natale Arturo la porterà a Parigi, Arturo le vuole bene e vuole farle dimenticare ogni cosa con vetrine ai Champs Élisées e ballerine che portano ventagli di piume di struzzo sul sedere. Speranza a volte pensa a quel pomeriggio in montagna quando insieme al ragazzo che amava il rugby si erano messi a guardare il pescatore in riva al torrente e poi avevano mangiato del pane seduti su un mucchio di sassi; la strada era bianca di brecciolino e il ragazzo aveva detto perché non proviamo a fare autostop. Il viso vicino al suo con occhi marroni, dorati nel sole, buoni e allegri. Le ore erano passate senza che ne avvertisse l'intensità. Le teneva stretta una mano mentre cercavano di fermare le macchine che se ne andavano con fari lunghi e gialli nel buio, e adesso ricorda di aver tanto desiderato che nessuna si fermasse per non perdere la stretta di quella mano. Ma poi una volta sulla macchina era stata felice lo stesso.

Le stelle di Natale

Sono arrivati con le braccia cariche di pacchi e hanno portato i loro passi disordinati, le pellicce fredde di vento, i discorsi di tassí introvabili. Li aspettava la lunga tavola apparecchiata, una doppia fila di piatti decorati di fragili mandorli quando i mandarini con il codino passeggiavano nei risciò. Si sono seduti tra un gran rimescolare di sedie mentre dalle alte finestre entrava una livida luce natalizia. Ma non di un Natale qualsiasi, dell'ultimo.

La nonna dipinta con la pelliccia di petit-gris riversa sulla poltrona levava il viso piccolo e severo che emergeva esangue dal fondo scuro mentre il nonno, morto nel '91, sedeva sulla parete di fronte avvolto nella purpurea toga di giudice sorreggendo con una mano il viso dai baffi biondi. Quel ritratto gli fu dipinto quando lui non c'era già piú, consumato dalla tosse e dalla febbre nelle nebbie piovigginose di novembre. E lo sguardo assente, remoto, smaschera il trucco; viene quello sguardo senza tristezza o amore da corone di fiori di metallo, siepi di bosso, vestiti ripiegati nei bauli tra la polvere fulgente della naftalina. Quando morí la moglie fece incidere all'interno del suo braccialetto: Michele ora e sempre.

Un piramidale abete sprizza luci colorate e il vino ha splendori di ametista, i ragazzi non piú ragazzi parlano tutti assieme allungando le mani ad afferrare i bicchieri; ma non ha importanza quello che dicono, i lunghi silenzi della casa frantumati da tante voci congiunte. Il panettone si è spaccato nello sbriciolio scuro della crosta per offrire un ventre di mimosa farcita di uvette e il vino scivola in gola ampolloso e solenne. Come campane il cristallo: la madre tocca con il suo il calice del padre e ristagnano nei suoi occhi i pasti solitari scanditi dallo spezzarsi di un grissino. Auguri. Il figlio di Michele porta il nome del padre e come lui ha occhi chiari e capelli biondi, questo un girotondo veloce, troppo veloce, una vertigine di pallida carne. Adone silente e sfavillante di bottoni d'oro piega la colonna vertebrale per porgere torrone e uva secca; dopo anche per lui Natale con la cuoca, i pomelli rossi dal caldo, pentole sporche unte di grasso, pile di piatti da lavare. Ma già l'ombra abbuia i vetri e bianche bambinaie spingono le carrozzine nel portone, i bambini dormono con i pugni chiusi; andiamo via prima che la tristezza della festa ci intrappoli nella sua rete. Per terra carte scricchiolano sotto le suole e la madre gira ancora con i piattini di *fondants*. È tardi; nessuno può trattenere il nastro che sfugge, i figli tornati figli per poco che ora velocemente rientrano nella loro pelle d'orso. «Aspettate, ancora un momento...» senza pudore il padre che sa. Ma loro non sanno, hanno fretta; quel vino tanto buono è diventato stanchezza, occhiaie bluastre, irrequietudine, oh le chiare camere con trumeau Luigi XV e mantovane sagomate... Aspettate. Sorridono e il crepuscolo attenua i tratti induriti, il cibo ha reso gonfie le labbra. Aspettate... Il Natale si sfalda nella penombra di rami secchi e le dita raccolgono i guanti. Nell'improvvisa caduta di silenzio il volto del padre è grigio e le rughe moltiplicate da un cedimento repentino. No, Speranza non vorrebbe andare, vorrebbe sedere qui accanto e nel nuovo silenzio afferrare gli impercettibili suoni. Ma Arturo chiama impaziente, lui ha altri sensi, altro sangue, e in piedi sulla porta dell'ascensore chiama sempre piú forte. Non c'è piú tempo per sedersi ai tuoi piedi e aspettare insieme, aspettare stringendoti la mano fino a consumare il calore della vita. «Dài, vieni!» Qualcuno bussa alla porta dell'ascensore al piano di sotto.

È rimasta solo Speranza, dalla porta entra il freddo delle scale e la voce di Arturo arriva ripercossa dalle pareti rivestite di marmo. Sempre piú forte chiama Arturo, come resistere padre. Non ci sono figli prediletti ma solo figli coi quali l'amore diventa facile scambio. «Aspetta...» ma non crede il padre in nessuna parola che la possa fermare o sottrarla un istante a una vita che lo respinge, o forse non vuole piú essere. Lo guarda Speranza: non vedi che ho la pelliccia già addosso, devo uscire stasera e poi ancora alzarmi la notte se la bambina piange, Arturo vuole fare l'amore... un gomitolo che si dipana senza possibile requie. Aspetta... Le mandorle degli occhi splendono nella semioscurità: saranno la luce della notte che lo vedrà morire, le ultime gocce del suo respiro lento, faticato. Quando verrà. «Ma allora ti decidi sí o no? Io me ne vado!» Sguaiata, prepotente e incauta questa voce, incauta. Tremano le labbra di una angoscia improvvisa, lungo e spettrale il padre sembra dissolversi nel buio. La mano abbandona la presa, le dita hanno lasciato il segno sulla manica. Il naso affilato emerge nel pallore del viso. Una benda legherà la mascella per tenerla chiusa.

Se ne sono andati e le loro voci si sono perse nella tromba delle scale, il padre è solo con la madre che conta le posate d'argento e le troppe cicche di Michele nei posacenere. Passa a spegnere le luci; anche la cuoca è uscita nel suo collo di volpe e la casa scricchiola a tratti come una nave in rada. I suoi tacchi leggeri percorrono i corridoi oscuri, poi anche lei siede alla toilette dorata ad aggiustare un vestito e i denti spezzano il filo nella luce rotonda degli occhiali. Le parole si perdono nel clic di una forbice, nel fruscio di un giornale. Nei pantaloni blu a righe di gesso le gambe del padre sono magre, quasi ossa, fa paura nella luce schermata dell'abat-jour con le mani congiunte sulla borsa calda. Il suo corpo è stanco, molto stanco, nelle lente serate quando resta solo con la radio accesa – tanta l'indifferenza che non cerca la sintonia – lui è già cartilagine, pelle frusta, gracile come carta nel vuoto di una casa dove i pavimenti riflettono lunghe ombre immobili.

Come tornare indietro, come riafferrare il bambino che correva lungo la strada di campagna con la camicia gonfia di noci, il bambino che marinava la scuola per fare un bagno nel Po e poi dimenticava la camicia, il bambino con una madre vedova nell'estate di polvere fra il verdeggiare delle canne sotto la campana dell'ombrellino di panno? Il cane che lui aveva dipinto di rosso e il veterinario con gli occhiali e la barba, le mani congiunte dietro la schiena: «Exema rubrum». «Non sono di comodo, – gridava il ragazzino sul tetto facendo gli sberleffi al sarto, – non sono di comodo!» librato contro il cielo come una cicogna sulle tegole mentre sua madre moriva di paura ritta sui mattoni del viottolo. La pipí zampillava nelle scarpe della cuoca, poveri stivaletti deformati e scalcagnati, unti di sudore, unici oggetti interessanti per il bambino chiuso per punizione a respirare il loro odore di fatica. Il diaframma si restringe, foro sottile e implacabile sul freddo e la disperazione, le michette rafferme; nelle giornate piú tetramente invernali lui si dava malato e lubrificato di olio di ricino restava sepolto fra le lenzuola, digiuno, nel biancore illividito dell'infermeria del collegio. Dalla scatola a sorpresa sbucava il giovanotto sul biciclo dalla gigantesca ruota a raggi filiformi, e il giovanotto portava la paglietta e gli occhiali a pince-nez.

Ma come conservare i mille pezzi di un gioco già scomposto e che il buio confonde sul tavolo?

Artemisia absinthium

Il noce volge ombra alla ghiaia e i bambini raccolgono i sassi nel secchiello o guardano attenti una lucertola infilarsi tra una lastra e l'altra del marciapiede. Gli alberi hanno susine viola e nel prato le formiche fanno piccole torri di terra scura. La casa bucata dai fili elettrici e da tubature d'acqua, martellata dagli scalpelli, regge ancora nel tramonto di settembre illanguidendo al sole il sottile disegno delle mezzelune sui frontoni delle finestre.

L'asfaltatrice schiaccia sotto il bitume vecchie impronte di zoccoli e le vibrazioni del motore scuotono i vecchi seduti sulle panche davanti alla porta di casa. La domenica la chiesa è come una botte bucata e la Beata canta solitaria presso l'Altar Maggiore, da trent'anni in attesa dello Sposo Divino (per ragioni di salute rifiutata dai conventi). Sui banchi sono graffiati i nomi dei ragazzi che ora sono impiegati alla Fiat o fanno i salumieri in città e le bambine sedute tranquille nei vestiti di velluto sotto gli occhi di falco di una suora sono quasi tutte figlie di immigrati veneti. Buone, silenziose, sono sparse nei banchi come pedine superstiti alla fine della partita.

Adone contrariamente alle aspettative ha preso moglie per concludere la sua carriera in una portineria di appartamenti di lusso. Anche la cuoca è andata via, per Natale manda ancora una cartolina di auguri, e nuovi domestici raccolgono l'uva dalla pergola o stendono il bucato sui fili che oscillano fra i peri. Certo i bambini non lasciano il tempo per ascoltare, prendere coscienza dei mutamenti, adattarsi alla nuova epoca con seggiole di plastica in giardino, aster variopinti dove un tempo fiorivano lilla le petunie. Questi bambini cosí diversi, estranei, indifferenti calpestano reliquie, spezzano e mangiano, poggiano visi sudati ai vetri, dimenticano i giocattoli sul prato. Nessuno va piú in bicicletta perché lungo la camionale i trattori spaccano l'asfalto e gli autotreni con rimorchio si incrociano bruciando l'erba ai margini della strada giú per la discesa di San Salvatore.

Nei pomeriggi opachi di caldo si profila lontano il ciliegio a cui il padre appoggiava il biciclo. Ma la cascina è disabitata e tra gli scuri chiusi si gonfiano i nidi di vespe, nel fienile vuoto la voce rimbomba come in una cattedrale e filamenti di cielo dividono le travi scure. Soffocano i fichi nel folto di foglie ampie, ruvide, dure; piccoli e violacei cadono prima del tempo tra l'erba alta cresciuta sull'aia. Nel buio della casa se ne sono andate anche le formiche e il gesso dell'intonaco si sgretola sui mattoni del pavimento. Malsicure le soglie consumate dai passi infaticabili e ostinati della vecchia fittavola andata via solo per essere issata sul carretto diretto al cimitero: terra ripida e fango dove i buoi tiravano nel gemere del legno. Questa cascina il padre l'ha lasciata a Michele e delle volte lui sale a caccia fino lassú: i vigneti, i campi arati, i rettangoli di canne discendono in un ordine prestabilito ma dal cornicione slabbrato sgusciano i rondoni e il cane annusa le pietre sconnesse del pozzo; Michele morde piccole mele verdastre il cui sapore è acidulo e intenso. Zanzare si alzano fra l'erba smossa e il cane insegue le lucertole, tra i pioppi in basso filtrano scaglie balenanti di luce rossastra. Cosí il padre, cosí il nonno giú per i solchi duri tra filari di uva avvelenata di verderame o tra i granoturchi appena mietuti bianchi e scricchiolanti in un crepuscolo che dilaga cancellando ogni ombra. Le lepri si fanno sempre piú rare, subito dopo la guerra Michele ne prese due in una volta: una era una lepre grossa come una volpe e morendo aveva spiccato un salto, quasi un lampo nel cielo. Quella sera aveva corso con gli animali che perdevano sangue sui calzoni mentre il peso gli strappava il giubbotto dalle spalle, aveva corso senza fermarsi inciampando nel fil di ferro dei filari, asciugandosi il sudore con le mani sporche di terra, il fucile stretto al petto; e imboccando il viale delle settembrine già cominciava a chiamare tutti a raccolta.

Presto Michele tornerà alla scrivania dove si fabbrica il denaro e a volte il gioco gli piace, è potente, gli impiegati lo temono e il suo umore decide della loro tranquillità. Ma la sera esce nel cortile del palazzo con la pioggerellina che fradicia la sporcizia di tutta una giornata di grossi autobus, clacson, mozziconi di sigaretta, e gocce pesanti si schiacciano contro il cappotto. Con le mani nelle tasche lui va verso la macchina per poi restare chiuso in fila tra i finestrini rigati, in silenzio, accanto a una bionda ragazza dai mocassini umidi di pioggia. Insieme con lei vaga in ristoranti di quartiere dove stagna odore di tovaglie umide e i carciofi rizzano i gambi sui piatti di metallo; nell'attesa la ragazza sbriciola il pane e Michele si alza per telefonare a casa e sapere come stanno i bambini. Il gettone scivola nella feritoia vicino a grossi frigoriferi pieni di carne, segatura per terra.

La madre ha rinunciato a capirlo. I suoi mutismi di

un tempo sono diventati blocchi di pietra, le sue parole rare quasi le teme. Per lei questo nuovo legame – relazione come l'avrebbe chiamata il padre – è qualcosa di vergognoso, di indecente, sí, di indecente, cosí pubblica, spudoratamente pubblica! Le amanti sono donne di strada o ballerine da avanspettacolo, non ragazze senza trucco con i tacchi bassi; chissà quale diabolico trabocchetto si cela, come improvvisamente cadrà quel loden e si sprigionerà odore di zolfo. Forse nei mocassini lei nasconde piedi biforcuti. Ma come discutere con questo figlio freddo e terribile nel suo silenzio che mentre a letto fa colazione volge su di lei due occhi sbiaditi d'indifferenza e aspetta col boccone in bocca che lei parli.

Certo il padre avrebbe trovato le parole, certo lui non avrebbe tollerato una situazione del genere; e congiungendo le mani sotto la volta celeste della cappella mentre la guardiana scopa per terra e il sole irrompe dalla grata, la madre cerca nel mattino di vespe e lucertole la formula magica. Quel morto ora dovrebbe essere un taumaturgo e dall'aldilà continuare la sua opera onnipossente per difenderla dalle preoccupazioni; come quando partivano con bambini e bagagli e lui diceva aspetta qui, resta tranquilla. E lei sedeva con il necessaire di coccodrillo in grembo a guardare dal finestrino issare valige e carrozzine senza altro pensiero che il fiato che appannava il vetro e lei puliva col guanto.

A volte si irritava di questa condizione di inferiorità, a volte piangeva e convulsa raccattava le sue cose minacciando di andarsene, nebulosamente consapevole di un'ingiustizia. Ma ora preme nel fondo le memorie amare, ha dimenticato quel cassetto sbattuto con rabbia e la borsetta aperta e richiusa, «tieni, non voglio portare via neanche uno di questi maledetti gioielli, non voglio portare via niente con me...» La fanciulla un po' sfiorita che se ne andava cosí com'era venuta.

Ma come censurare la memoria; brani navigano simili a lastre di ghiaccio, cozzano, si deformano e il padre sorride, mite emblema contro rupestri sfondi: Gressoney, luglio '38. E lei siede in giardino a guardare irritata una bambinaia che chiacchiera o un bambino che strappa i fiori, ombra e umido insidiano le sue ossa. Lei non sa qual è il pero piantato dal bisnonno o che un tempo il padre aveva un carrettino tirato da una capretta, non ricorda che dove ora chiacchierano le governanti il padre suonava il flauto. Un'estate avevano ballato sul prato al chiaro di luna e l'anguria si era spaccata gocciolando fredda tra le labbra accaldate.

Va in chiesa dove le suore come colline nere stanno nel crepuscolo presso il lumino dell'Altar Maggiore, nessun legame fra lei e il martirio di San Sebastiano o il pulpito vuoto tra flutti di stucco cremoso, sconosciute le pietre della strada e i bambini figli dei figli delle donne che sulla porta delle case la videro arrivare sposa con un mazzolino di violette. Lei vorrebbe un autunno fra palme sul mare, una di quelle località adatte a ricche vedove dove le orchestre suonano i valzer di Lehar. Quando i bambini l'abbracciano e chiedono di venire a dormire nel suo letto o frugano nella borsetta cercando una caramella basterebbe poco per sciogliere i nodi della solitudine, ma sempre le sfugge il momento, sempre la sua attenzione presa da qualcosa di contingente. Loro stupiti e subito indifferenti guardano i suoi scatti d'impazienza.

La lampadina è accesa tra l'edera sopra il garage e

i bambini corrono con le vestaglie svolazzanti tra le settembrine, tornate subito dentro! Con un tonfo la porta viene richiusa e il chiavistello girato e rigirato nello stridio del ferro, e mentre la luna lava l'oscurità il giardino affonda lentamente nell'inedia. I ragazzi di un tempo a porte chiuse parlano di beni mobili e immobili. Pacatamente schiacciano le cicche nei posacenere e il denaro non altera i gesti, solo dentro vibra accelerando i battiti. Scrupolosi e ancora battaglieri si dividono una torta che cresce sempre: questi sono gli anni delle vacche grasse, dei vitelli che hanno impinguato le stalle. Dal globo di vetro smerigliato la luce si diffonde uniforme sulla tappezzeria scura, sui visi affilati dove riluce il taglio degli occhi, sulle dita che tormentano la stoffa dei braccioli mentre la voce incolore di Michele infila nella cruna dell'ago biondi e lanosi cammelli. Solo Giovanni assente.

A Venezia Giovanni e Antonio erano andati l'anno della licenza liceale, allora al mattino stringendo sotto il braccio un asciugamano correvano a perdifiato su e giú dai ponti per non perdere il vaporetto che andava al Lido, e sulla spiaggia belli e grandi scherzavano con le ragazze. La notte sdraiati in terra in casa di un gondoliere dormivano sonni di sasso schiacciati dalla stanchezza di una giornata lunga, varia, meravigliosa.

Adesso invece Giovanni ha preso una camera in una rispettabile pensione alla Giudecca e la mattina esce sul tardi per mescolarsi ad anziane attrici del muto arroccate nei caffè dietro le lenti bombate di grandi occhiali neri, o vecchi ragazzi come lui con la pelle raggrinzita dal sole e un giornale in tasca. A Venezia c'è Antonio inviato dal suo giornale.

Mangia i gamberi e ne ha chiesta doppia porzione «Perché a casa, – ha detto, – Isabella mi tiene a stecchetto per paura che ingrassi». Per tutto il tempo che hanno cenato Giovanni ha cercato di indovinare se lui le è fedele. Isabella parlava dei bambini. «Sempre dei bambini finisce per parlare, è una malattia...» ma Antonio le stringe la mano per confortarla di queste parole e solo per prenderla un po' in giro le dice. I gamberi rossi si spolpano nel piatto e Antonio è ancora bello, il giornale per cui scrive è pur sempre un giornale di sinistra; lui parla forte, avventori e camerieri possono anche essere il suo pubblico, le parole non gli mettono paura. In alto si incrocia tenue la vite americana nella verde trasparenza dei lampioncini, fa caldo. Il vino colora le guance di Isabella «Perché non vieni con noi a Torcello? – ha detto, – in tre anni che vengo a Venezia ancora non l'ho vista».

Invece non è andato a Torcello. Cammina lungo il canale e guarda le onde di riporto sbattere un cerino contro la sponda. Meglio di no. Le sorelle lo immaginano con qualche attricetta, ma Giovanni non ha attricette, e Isabella ha capito che se non fosse stato per loro avrebbe cenato solo nella pensione accanto a silenziose famiglie inglesi che versano il vino da brocche di ceramica. Oggi a Torcello avranno parlato di lui, forse hanno avuto pena del suo viso di fanciullo un po' vizzo sulla camicia aperta, come una lingua la luce scavava fra i tratti mentre Isabella parlava dei tre bambini. La maturità è uno smalto sul viso di lei, riposa con i suoi affetti nel fondo dello sguardo (la notte certamente sogna castagne cotte, seggiole di paglia, chiocciole di capelli). Si è volta a lui con tenerezza: vieni a Torcello. Ma Giovanni non ha bisogno di pietà e può anche essere felice con una bella giornata a Venezia. Quella mattina è andato al Lido e un'americana ha attaccato discorso, lei è una matura pittrice e hanno chiacchierato stesi sulle brandine. Certo a Torcello non sarebbe stato cosí bene, a rimorchio di un carro che cammina con passo tanto diverso.

Avranno guardato la chiesa e l'avranno paragonata alle laudi di Jacopone, Isabella avrà pensato a quando potranno portarci i bambini. Sull'educazione loro hanno idee molto chiare «È importante, – ha detto Antonio, – che fin da piccoli i bambini prendano parte alla vita dei genitori...» Un discorso subito finito questo sull'educazione perché Giovanni non ha figli né ha intenzione di averne, «dei nipoti mi interesso poco, – ha detto, – l'unico con il quale mi intendo è l'ultimo di Speranza, gli altri sono dei mostri!» Hanno riso, poi mentre Isabella insisteva perché venisse con loro, Antonio non ha detto piú niente e guardava attorno fumando: la noia aveva tirato un tratto di gesso sui suoi occhi. Si capiva tanto bene che ora aveva solo voglia di finire i gamberi e tagliare corto una serata che non prometteva nulla. E poi la sua giornata è già abbastanza pesante perché alla fine osi mostrarsi maleducato se qualcosa non va.

Allora Giovanni non ha piú parlato della settimana passata insieme a Venezia, forse a quel tempo Antonio era già innamorato di Maddalena. Chissà se adesso ne parlano con Isabella, nelle tranquille serate in casa mentre lui batte a macchina e lei lavora a maglia (perché cosí devono essere le loro serate), le dirà «che pericolo ho scampato con quella ragazza!» Isabella per giustizia risponderà che allora non era cosí, «se ti avesse sposato sarebbe stata diversa, comunque meno male che non lo ha fatto! » teneramente lo bacerà sulle labbra, i loro bambini tutti e tre a letto in una stanza perché non hanno abbastanza soldi per prendere una casa piú grande.

Chiese corrose dallo scirocco drizzano faticosamente i frontoni settecenteschi sotto l'incedere inesorabile e simoniaco delle visite guidate. Le turiste tedesche sono già scese dal vaporetto e levano verso l'alto i volti accaldati, tese le fibre rossastre del collo. Loro vengono da Monaco; i piccioni si alzano in volo e la luce investe le ali bianche. Giovanni passa davanti al caffè dove bambino aveva preso una cioccolata calda e tra i fiocchi della vetrina aveva visto la mamma da fuori far cenno di no, che la cioccolata no, non doveva prenderla perché aveva avuto il mal di pancia. Una mamma bruna e corrucciata sul collo di volpe. Allora si era ingoiata la cioccolata tutta d'un fiato e il padre l'aveva inchiodato con gli spilli azzurri degli occhi su quelle pareti sbiadite di acquosi paesaggi; la madre strappava d'un colpo la tazza vuota e sotto il basco il piccolo Giovanni bruciava di vergogna e cioccolata bollente. A volte quando era malato il padre si sedeva sulla sponda del letto per fargli compagnia e Giovanni frugava nella memoria a trovare un argomento che legasse a lui quel Dio cosí a portata di mano.

La morte ha placato l'ansia liberandolo da ogni competizione e prima che settembre finisca Giovanni tornerà per quelle strade dove la buona memoria del padre ha una luce chiara e precisa, andrà a spasso con il bambino di Speranza silenzioso e tranquillo. Un bambino gracile a cui i fratelli strappano i giocattoli di mano mentre lui stringe fino allo spasimo le dita magre di bambino che non vuol mangiare. Passeggeranno lungo le siepi e il bambino chiederà una storia; Giovanni quando vuol farlo contento gli racconta dei pesci che prendeva. Una volta 89.

Le turiste tedesche sono passate oltre, forse impiegate di una medesima ditta cercano ora la stessa collana colorata e le palline di vetro crocchiano riverberando grossolani arcobaleni. Che importa se i suoi discorsi irritano Antonio e se Isabella con compassionevole tenerezza gli dice «a Roma, vieni a trovarci», e le labbra un po' stanche offrono sincerità e affetto assieme ai bei ricordi della ragazza con la gonna scozzese che veniva a giocare a ping-pong «vieni Giovanni, cosí conoscerai i nostri bambini...» Ma Giovanni non ha nessun desiderio di conoscere i loro felici bambini. Meglio sedersi con l'americana in Piazza San Marco, è spiritosa l'americana, i suoi quadri li fa con chiodi e lamiere e le sue dita sono cosparse di calli. Forse potrebbe aiutarla ha detto «è molto faticoso piegare il rame».

I contadini arrivano ancora con cesti di uva attaccati al manubrio e nella stalletta i polli sbattono le ali nella buia attesa della morte. Nessuno cuoce piú la conserva nel pentolone di rame ed è spento il camino in cucina, con noncuranza la cuoca ci butta i fiammiferi usati e i pacchetti vuoti del sale. Ma ancora si impastano crostate e alla sera la guardiana porta un canovaccio colmo di pane appena sfornato, i bambini irrompono sbattendo le porte. L'oscurità scende tra il bianco delle settembrine e le bambinaie chiamano i bambini nascosti con il cuore in gola tra le piante dei pomodori. Poi l'acqua scroscia nei bagni e il borotalco cade sulle mattonelle, i bambini piangono se hanno fatto pipí nelle mutande, là in fondo tra le piante dei pomodori mentre le bambinaie chiamavano. Un cameriere passa a chiudere le persiane e la luce batte sulle foglie immobili del noce. I bambini scuotono la testa ai bastoncini di cotone che puliscono le orecchie, impazienti di tornare giú a giocare nell'attesa della minestra.

Lei siede, la madre, ancora dritta nella scura corona dei capelli e i bambini la guardano e dicono «come sei bella nonna, tu non sei vecchia sei bella». Le stringono la mano, lei li bacia e loro ridono, subito vorrebbero giocare, ride anche lei e sulle pareti festoni di frutta circondano il ritratto della signora che suona il piano. Sul fornello friggono nell'olio le patate e una ragazza canta per tenere buoni i bambini, che non entrino in cucina. L'umidità bagna i pali di ferro dell'altalena e i ragni al centro della ragnatela aspettano la zanzara che faccia oscillare la trama, la luna disegna la lunga crepa porosa di cemento sulla facciata della casa. Una casa costruita da modesti artigiani alla fine del Settecento e un pittore di paese ne dipinse le volte mentre Napoleone vinceva a Marengo, poco lontano. A lui della guerra poco importava e arrampicato su una scala pensava agli stagni dove andava a pescare l'estate, ai campi con i cavalli mansueti nella polvere del grano tra la linea tenue delle colline, e i suoi castelli erano case turrite per albergare piccioni. Era un pittore giovane che la sera andava a casa tra mucche e galline e un giorno steso supino sulle palanche aveva cominciato a dipingere il mare che non aveva mai visto, un vulcano con un piumino rosso in cima, ragazzi scalzi in corsa appresso a un cane, la barca, la vela, una chitarra.

Giovanni siede in Piazza San Marco insieme alla pittrice americana e a momenti il discorso si perde nel piccolo lago scuro del tè dove il limone naviga rotondo, allora il cucchiaino scompone in vortice la placida superficie. La luce inonda la piazza e al tavolino accanto una ragazza volge in giro grandi occhi chiari: uno sguardo inconsapevolmente felice quasi un riflesso interno dei suoi pigri pensieri. Giovanni la guarda, i cerchi d'argento scivolano lungo il suo braccio e le pupille sembrano riflettere concave le tre cupole grigioazzurre del Duomo. La ragazza si alza, urta nella sedia, porta sandali raso terra e come si muove pare sia a piedi nudi, sfiora avventori e tavolini e il suo sorriso distratto la assolve in un volo chiassoso di piccioni.

Giovanni l'ha seguita, la cintura colorata divide il grigio disegno del selciato e tra passi rapidi e silenziosi i capelli battono lunghi sulla schiena. Nel riflesso di una vetrina il suo sguardo perplesso si tinge del rosso delle corniole, si aprono i capelli sulla sporgenza della prima vertebra di un pallore di cera. È arrivata fino alla Posta e ha spinto la porta a vetri, due spicchi lucenti rimasti a dondolare al sole polveroso del pomeriggio. Giovanni l'ha guardata piegarsi allo sportello, il braccio nudo sul marmo, anche l'impiegato la guarda: lei compita le parole con una bocca tenera, indifesa, e la lingua batte contro i denti nella ricerca di un suono diverso, non suo. Sedute sugli sgabelli le donne venute da Monaco incidono gotici saluti da Venezia e attraverso le camicette umide alle ascelle traspaiono le bretelle di potenti reggiseni; loro amano molto l'Italia, il sole, i souvenirs di conchiglie. La ragazza aspetta allo sportello e una luce rovente brucia la chiusura lampo, su fino al piccolo nodo della vertebra. Giovanni è pronto a farle un cenno o un sorriso appena si volterà, ma già una delle donne di Monaco si è alzata per portare ad affrancare la cartolina, le guance fitte di capillari ricordano quei volti intagliati nei pulpiti delle cattedrali dove il colore si è col tempo rappreso nelle venature del legno. La spina dorsale eretta come il tronco filaccioso delle palme.

La ragazza si raddrizza raccogliendo gli spiccioli e spinge la porta sfolgorante: svanisce con lei l'immagine delle piazze domenicali, grida di venditori ambulanti, ombrellari. Si cancellano fontane, bianche fauci di cavalli e delfini guizzanti da cui erompono fiotti di liquida luce. Il suo viso perduto di Nike di Samotracia si confonde nella folla con i gelsomini e le formiche, fili d'erba fra i denti. Un istante, e il lampo accecante dei vetri si richiude sui colori della gonna.

Un istante, e già la donna si asciuga la fronte col fazzoletto e l'impiegato sporge il viso dallo sportello, «Fa caldo, eh, in Italia...» la donna sorride e la luce sprizza dai denti d'oro. Forse cosí ora la Anne Marie. La bocca che cantava, rideva, rimproverava; in quale tranquilla cucina lei prepara i bräzel o spia dai vetri i passeri beccare le molliche con salti rapidi e ineguali sull'erba, un vaso di non-ti-scordar-di-me sul davanzale della finestra. Nella farina l'uovo si schiude come un attonito occhio giallo e l'albume trema nella sua trasparenza gelatinosa, le dita devastano l'ordine per ricomporlo sulla teglia in molli fiocchi di pasta, le calze di cotone arrotolate alle cosce con un elastico. Quale favola racconta alla sera rimboccando il letto ai bambini o quando tenendoli chiusi fra le ginocchia taglia loro le unghie sporche di terra.

Ma Anne Marie non veniva da Monaco, le gutturali della sua città evocavano la pietra grigia porosa nel sorriso ebete dei mostri, le colonne sorrette da animali semiumani con artigli di rapace; e nella maniera spensierata di ridere la sua bionda allegria aveva improvvisi rimbalzi di durezza. Una spazzola di setole nere crepitava la sera nei capelli sciolti increspati dalle fitte onde impresse dalle trecce, e nelle ombre sfarfallanti di un abat-jour si muoveva diversa, impacciata dalla lunga camicia da notte: amorevole o forse temibile, chi era veramente? Feroce la storia di Frau Trude o di Hänsel e Gretel affiorava alla superficie della sua pelle troppo chiara nell'intrico sottile delle vene, quasi il disegno mal cancellato dei suoi tratti prenatali. La sua dolcezza macerava di inalterabilità, le mani colorite, sempre un po' gonfie e bianche alle giunture come mani che siano state a lungo immerse nell'acqua, avevano la fredda morbidezza della gomma. I fiori che le regalavo li infilava nell'asola della camicetta, quegli stessi fiori ritrovavo appassiti la sera nel cestino del bagno.

Lei mi insegnò ad andare in bicicletta. Una Legnano argento.

Indice

Stampato per conto della Casa editrice Einaudi
presso le Officine Fotolitografiche s. p. a., Casarile (Milano)

C.L. 11497

Ristampa	Anno
0 1 2 3 4 5 6 7 8	89 90 91 92 93 94 95